温暖的光
致敬我们身边的榜样人物

向晓金 —— 主编

沈阳出版发行集团
沈阳出版社

图书在版编目（CIP）数据

温暖的光：致敬我们身边的榜样人物 / 向晓金主编. 沈阳：沈阳出版社，2024.8. -- ISBN 978-7-5716-4095-8

I.I253

中国国家版本馆CIP数据核字第2024WK7921号

出版发行	沈阳出版发行集团 ∣ 沈阳出版社
	（地址：沈阳市沈河区南翰林路10号 邮编：110011）
网　　址	http://www.sycbs.com
印　　刷	长沙市精宏印务有限公司
幅面尺寸	170mm×240mm
印　　张	15印张
字　　数	200千字
出版时间	2024年8月第1版
印刷时间	2024年8月第1次印刷
责任编辑	张晓薇
装帧设计	云上雅集
责任校对	张　晶
责任监印	杨　旭
书　　号	ISBN 978-7-5716-4095-8
定　　价	78.00元

联系电话：024-24112447
E – mail：sy24112447@163.com

本书若有印装质量问题，影响阅读，请与出版社联系调换。

榜样，一束温暖的光 序

● 张立云

"伟大时代呼唤伟大精神，崇高事业需要榜样引领。"习近平总书记的这句话，深刻阐述了榜样的力量和价值。

在建设新时代中国特色社会主义的新征程上，中华大地涌现出一大批爱岗敬业、锐意创新、勇于担当、无私奉献的先进模范人物。他们用不懈奋斗、崇高精神，树立起时代的标杆。他们在危难中逆行、在困境中坚守、在激流中奋进的身影，给予我们温暖与力量。他们是一束束温暖的光，照亮了我们前行的道路。

礼赞楷模，擦亮奋斗者的榜样光环。为了挖掘榜样背后的故事，自2019年自主研发出版了《致敬！新时代我们身边的榜样人物》以来，潇湘悦读文化研究会（湖南读书会）再次组织了一群爱心作家，深入到各行各业与各条战线涌现出来的榜样人物面对面进行交流和采访，并形成文字。时隔五年，我们再次编辑出版宣传榜样人物的图书，旨在进一步发挥协会的作用，不断丰富阅读推广方式，大力唱响新时代榜样赞歌，让我们身边的楷模成为引领社会风尚的标杆。

本次的报道对象，我们没有选择那些广为人知的大人物，而是将镜头对准了我们身边的先进人物。有医生、教师、企业家、艺术家，甚至普通的上班族和学生。他们大部分人，应该是我们首次公开报道。他们是渺小的，但他们一定是积极向上的；他们的事迹虽是琐碎的，不一定惊天动地，但一定是令人深感温暖的。沧海横流，方显英雄本色；勠力同心，更见众志成城。天上的星星够明亮，但不如地上的一堆火暖人身心。正是我们身边有这么一种崇高的精神，一股向上的力量，指引着我们一路前行。

推选榜样，以榜样的力量影响更多人崇德向善，是一项重要的任务。榜样的存在可以激发人们追求美德和善行的动力，带动更多人向着正确的方向前进。全社会应当共同努力，营造出一个推崇榜样、追求美德的良好社会氛围。只有这样，我们才能够建立一个更加和谐、文明的社会。

这些年，我们协会基本上就做两件事，一是阅读推广；一是图书出版，我们的口号是"读好书，做好人"，本次图书的出版，相当于与这些"好人"进行心与心的交流后，特意将他们的先进事迹整理成"好书"，让更多人阅读。我想，这样一本写"好人"的"好书"是值得一读的。

习近平总书记指出，英雄是民族最闪亮的坐标，实现中华民族伟大复兴，需要更多时代楷模。

回顾历史的长河和总书记的嘱托，我们深感榜样的力量之强大与深远。无论是古代的先贤还是现代的楷模，他们都以自己的信仰、奋斗和牺牲为后人树立了光辉的榜样。作为新时代的弄潮儿，我们应该牢记这些榜样人物的事迹和精神品质，将其内化于心外化于行。我们要像他们一样勇于担当、甘于奉献、善于创新、勤于学习，为实现中华民族伟大复兴的中国梦贡献自己的力量！展望未来，我们有理由相信：只要我们以榜样为指引、以奋斗为动力、以创新为翅膀、以学习为基石，就一定能够在各自的领域取得卓越的成就并为社会做出更大的贡献！

向那些伟大的榜样人物致敬！

向未来充满希望和梦想的明天迈进！

注：张立云系潇湘悦读文化研究会（湖南读书会）会长，湖南云上雅集出版机构负责人。

目录
MULU

001 | 麻醉医生何国跃：值得托付生命的人……………涉江红帆　梦　斯

011 | 湖南读书会主播胡丽佳：活成春天的模样……………涉江红帆

021 | "最美军嫂"王星宁：梦里梦外皆神州………………守　望

028 | "铁人老师"唐大琨：42年坚守山区学校……………叶　华

037 | 乡村中学校长向县华：深耕教育赤子心………………朱梦斯

049 | 农民企业家向阳：谱写"有志者事竟成"的动人乐章

……………………………………………………………湖南读书会

053 | 爱心企业家刘丛礼：文以化人，是为上善………………涉江红帆

058 | 18岁爱心志愿者洪海琪：以责任和担当书写青春华章

……………………………………………………………飞花如雪

063 | 国家一级导演赵东旭：演艺人生五彩斑斓……………涉江红帆

067 | 公益律师文籍：追梦路上，与爱同行………………守　望

073 | 作家张晓实：用文字和爱谱写人生乐章………………朱梦斯

083 | 爱心志愿者严清霞："我奉献我快乐"…………………叶　华

092	企业家黄国强：新时代的追梦人⋯⋯⋯⋯⋯⋯⋯⋯⋯⋯⋯	守　望
098	中学教师肖艳云：活成一束美丽的光⋯⋯⋯⋯⋯⋯⋯⋯⋯	守　望
102	溆浦一中副校长侯勇：教育是爱的艺术⋯⋯⋯⋯⋯⋯⋯⋯	向　往
106	老年作家魏乃昌：执着的筑梦人⋯⋯⋯⋯⋯⋯⋯⋯⋯⋯	涉江红帆
114	中学语文老师潘恺：用爱诠释梦想⋯⋯⋯⋯⋯⋯⋯⋯⋯	守　望
118	"白衣天使"彭博：仁心仁术铸医魂⋯⋯⋯⋯⋯⋯⋯⋯⋯	守　望
127	警官向长安：侠骨柔情润苍生⋯⋯⋯⋯⋯⋯⋯⋯⋯⋯⋯	守　望
136	溆浦县人民医院骨科主任曹怀焱：心系苍生的良医⋯⋯⋯	曹斌城
143	溆浦一中后勤人员向东磊：从"油印人"到"爱心艺术家"⋯⋯⋯⋯⋯⋯⋯⋯⋯⋯⋯⋯⋯⋯⋯⋯⋯⋯⋯⋯⋯⋯⋯⋯⋯	涉江红帆
146	湖南读书会大学生部副部长贺伊鸿：星空中最美的星星⋯⋯⋯⋯⋯⋯⋯⋯⋯⋯⋯⋯⋯⋯⋯⋯⋯⋯⋯⋯⋯⋯⋯⋯⋯	守　望
149	高级工程师舒焕炬：追梦路上，与爱同行⋯⋯⋯⋯⋯⋯	守　望
152	职场"最美女人花"刘莹：将热爱揉入时光里⋯⋯⋯⋯⋯	向　往
157	馫香居餐饮公司总经理夏小虎：湘菜之林有老虎⋯⋯⋯	魏乃昌
167	中国女子书画院院长郭晶：巾帼画魂⋯⋯⋯⋯⋯⋯⋯⋯	涉江红帆
178	湖南读书会志愿者肖丹华：光影交织下的璀璨人生⋯⋯	朱梦斯
186	湖南读书会"最美志愿者"方展开：用奉献书写无悔⋯⋯	刘　莹
192	湖南读书会副会长向晓金：抒写深情的女作家⋯⋯⋯⋯	魏乃昌
204	作家沙漠：四十二年款款拥军情⋯⋯⋯⋯⋯⋯⋯⋯⋯⋯	涉江红帆
213	退休老干部林维平：每一件事都做到极致⋯⋯⋯⋯⋯⋯	魏乃昌
221	优秀基层民警严家凯：从警为民，立警为公⋯⋯⋯⋯⋯	朱梦斯

麻醉医生何国跃：
值得托付生命的人

● 涉江红帆　梦　斯

"一颗仁心敬日月，不枉白衣天使名；厚德济世行天地，甘洒春雨献真情。"

一面患者送来的锦旗，是对一位医务工作者最好的礼赞和褒奖。这位被患者誉为"值得托付生命的人"叫何国跃。

何国跃是一名麻醉医生，曾多次被评为优秀工作者，其家庭也曾被评为"长沙市模范家庭"。何国跃还是中国农工民主党党员，中华医学会长沙

市医学会常务理事，中华医学会长沙市麻醉专业委员会委员，中华针刀医学会委员，中国非公医学会常委。这些年，何国跃在麻醉医学的园地里，用心谱写了无数个医者仁心的温暖故事。

初心："爱"是人生首发站

1970年，何国跃出生于湖南省溆浦县一个偏远的小山村。是山野的四季和淳朴的乡村滋养着他的童年和少年生活，给了他善良而宽厚的品性，也磨砺出他吃苦耐劳、百折不挠的意志。

童年何国跃便十分乐于助人。村里的孤寡老人就经常能得到他的照料，每天他都会抽出空闲时间去两里路远的村井打水，然后气喘吁吁地挑到孤寡老人家中，然后帮老人打扫卫生，劈柴烧水，还乐呵呵地陪老人家聊天。邻居们都说，有的人家就是亲孙子也不见得有这么体贴和孝顺吧。

从小学起，何国跃就在学业上特别用功，也非常有悟性，进了初中之后，语文老师郑艳兰发现何国跃是个读书的好苗子，每天都会额外帮他进行课后辅导，使何国跃的学习兴趣也越来越大。在知识的海洋中畅游，何国跃得到了许多乐趣，他的成绩也始终名列前茅，并以优异的成绩考上了县里最好的高中——溆浦一中。

高中三年，何国跃依旧保持品学兼优，他为了"医学"的梦想，开始了更加如饥似渴地学习。

何国跃对医学是有执念的。他母亲身患胆囊炎多年，在那交通不便，医疗条件也非常差的年代，母亲常常会在半夜犯病，痛得浑身直冒冷汗，却只能熬到天亮才能翻山越岭地去医院。看着母亲痛苦的样子，何国跃心中十分难过，总想着家里要有个医生该多好，母亲就不需要生生痛着熬着等天亮了，在家里就能先帮助母亲减轻痛苦。

"我长大以后就要当医生！"梦想的种子在童年何国跃的心中悄悄发芽，成了他的梦想和追求，这份缘于小爱种子，逐渐生根发芽，茁壮成长，最终奔向了服务于社会，奉献于人民的大爱。

启航：在挑战中赢得机遇

大学毕业，理想之舟扬帆启航，二十出头的何国跃走上了溆浦县人民医院麻醉科医生的岗位。何国跃在工作中始终兢兢业业、一丝不苟，除了努力争取各种进修学习充电的机会，他还会挤出所有空闲时间来看书学习，同事们常评价说何国跃就是个"拼命三郎"。

这一转眼，便是三十多年。

三十多年，每一天都很平凡，每一天的日常都很相似——

"阿姨，您今天的气色好很多了。"

"何医生，您的麻醉技术高超，我现在一点都不痛！看到您出现就有安全感！"

每天清晨八点钟开始，都是医生进病房查房的时间。何国跃会与患者们亲切沟通，了解术后反应，观察康复情况。医生的到来给了患者们更多的温暖和安全感。

"每天的工作都非常紧张和忙碌,需要我们有高度的责任心。"看到笔者来采访他,何国跃笑着说,"当医生是累并自豪着,因为我们的工作能带给大家健康……"

有人说,麻醉学是集万千宠爱于一身的专业。有了"麻醉",才能允许医生进行复杂的手术和治疗,同时保证患者的疼痛和安全。何国跃介绍说,外科手术的发展也得益于临床麻醉的不断进步,一个医院的外科实力的强弱往往取决于麻醉科。麻醉学研究包括了临床麻醉、生命机能调控、重症监测治疗和疼痛诊疗的学科,包含临床麻醉、慢性疼痛治疗(疼痛科)及重症监护(ICU),他选择的就是从临床和理论等方面研究麻醉学。

随着溆浦县人民医院规模的扩大,麻醉科医生尤为短缺,何国跃在潜心钻研麻醉医学技术之余,同时担负起了培养后辈的责任,用心帮扶,全科无一例因麻醉而引起的医疗事故,为县人民医院麻醉科赢得了荣誉,也深受领导、同事与患者的交口称赞。

口碑:追梦之旅永不言败

自1990年参加工作以来,何国跃一直从事临床麻醉疼痛诊治的相关工作,曾先后到中南大学湘雅三医院麻醉科和医务科、中南大学湘雅二医院ICU中心、山东省立医院疼痛科、广州医科大学附属第二医院疼痛科等国内著名的医院相关科室进修学习,与国内外同行专家有着广泛的交流。

何国跃曾前往中国人民解放军第八五医院学习。当时不少人都觉得上海人的优越感强，但何国跃却因业务能力强，为人又特别热心，很快就得到了大家的认可和喜爱，直至他离开上海许多年之后，仍能接到上海同仁、患者以及邻居和朋友们发来的问候。

其中有一位是上海的曾女士。当年，曾女士因病痛想要跳楼，其家人与医院病友为此感到害怕和焦急。为了让曾女士树立信心与勇气，何国跃在手术前对她进行心理辅导，耐心细致地劝慰直至深夜，他甚至都忘记了自己没吃午饭与晚饭。直至曾女士心情平复，终于以良好的状态上了手术台，何国跃才与外科医生们一起为她做手术。那一台手术做完时，天都亮了，曾女士得救了，可何国跃却昏倒在手术台旁。

住宅小区的人们也都记得那些有何国跃为邻的日子——

某个飘雪的夜晚，邻居张大爷腰疼特别难受，于是去敲何国跃的门。何国跃马上从温暖的被窝爬起来，询问过张大爷的情况之后，他拿出了银针为张大爷治疗，腰痛一会儿就消失了……

某个酷夏傍晚，一脸疲惫的何国跃刚从医院回家，就被人叫到了邻居李奶奶的家中，一见李奶奶正痛得要死要活，他连忙从包里拿出了银针。那天夜里，何国跃都顾不上回家吃饭，一直在李奶奶家观察她的病情，直到深夜……

这样的义务出诊病例还很多，红女士、舒先生、刘小姐……在何国跃住的那个小区，许多男女老少都曾得到过他的免费医疗服务，大家都笑着称他为救人于危难的"中国好邻居"。

在上海，工作环境好，薪资待遇好，发展前景好，生活环境好，人往高处走，很多人走出去就舍不得再回小城小县了。当这样的选择出现在何国跃面前时，他却毫不犹豫地选择了"归来"。他说，家乡人民更需要医术精湛的医生来守护他们的健康，溆浦县人民医院的发展需要他的回来，尽管这里的工资仅为他在上海薪资的五分之一，工作环境和医疗设备更是不能同日而语，但他还是选择了回来，回到他出发的那个地方，与溆浦县人民医院共同前行。

县级医院的发展与环境都需要他付出更多，何国跃迎难而上，首先接受了医务科工作的安排，在专业上奉献力量，在整个医院的发展建设上他同样也废寝忘食、呕心沥血，甚至公而忘私。

再看现在，溆浦县人民医院已经是全县麻醉医师培训基地，也是全县最大的手术治疗中心，现有专业麻科医师15人，承担起全院各种手术麻醉，重症监护，急救复苏和疼痛治疗，能进行各种神经阻滞麻醉，椎管内麻醉，全身麻醉及平衡麻醉等麻醉方法。

回首往事，何国跃说起，父亲病危那年也是在溆浦人民医院住院，当时老人家都病危了，他却不能守在父亲身边，只能在工作间隙偶尔去探望一下又匆匆离去。父亲去世之后他悲痛万分，但第二天就回到了工作岗位。面对忙碌，何国跃从不抱怨，但提起何国跃的工作状态，妻子都忍不住落泪，她说何国跃太忙了，经常加班，经常不回家吃饭，在他办公室的垃圾桶里常都是扔的方便面空盒。他太不容易了……

其实，当医生的不容易远不止在专业工作中。

患者及家属素质参差不齐，负责医院纠纷和投诉的何国跃时常要面对责难，挨打挨骂是常有的事情，但他从来不逃避问题，面对窘迫也从来不曾退缩。县人民医院的骨科曾有一段时间管理比较混乱，面对的纠纷就特别多，有一回在短时间里就有两个科主任被患者家属给"打"跑了，医院甚至在计划要取消骨科。

何国跃认为，身为县级人民医院，骨科是基础科室也是重点科室，溆浦县的人民医院怎么能没有骨科呢？

考虑到医院里确实也没有其他合适人选，于是何国跃临危受命，走马上任为骨科主任。

上任伊始，何国跃也像两位前任一样受到了不少攻击，但是他忍辱负重将一切都扛了下来，耐心细致地做好沟通处理工作。通过八个月努力，他终于把历史遗留纠纷和投诉都妥善解决，并逐步重建了骨科的良好信誉，使医院的"骨科"得以保留和发展，维护了综合性医院的学科完整性。

现在的何国跃不但能熟练完成各种麻醉技术操作，胜任各种疑难重症患者、高龄患者、婴幼儿患者、严重内科疾病患者的麻醉及ICU的日常工作，他还对各种颈肩腰腿痛、头痛、骨质疏松症、风湿类风湿疾病、痛风、三叉神经痛、带状疱疹后遗神经痛、痛经、晚期癌痛、手术后伤口痛等常见慢性疼痛及面肌痉挛、失眠等非疼痛性疾病的诊治都有十分丰富的医治经验，能熟练运用针刀、射频、低温等离子、激光、椎间孔镜及触发点治疗等各种微创治疗技术。从业至今，何国跃已在核心期刊发表专业学术论文6篇。可以称得上是麻醉领域的专家。

就在大家以为何国跃会在县人民医院一辈子到老的时候，何国跃却被一个年轻的行业吸引了。2013年，何国跃做了一个看似出乎意料的决定——他来到了长沙美莱医疗美容医院担任技术院长一职，仍然主管麻醉科。

在中国，人们对美容整形行业的接受度并不高，何国跃却不这么认为。他认为医疗技术始终在进步，融入生命的方方面面，现代社会具有的开放性和包容性，提高了人们对于美的追求，整形医院能修复受损的外貌，弥补不足之处，能化腐朽为神奇，使人们重拾信心面对社会，也能使许多普通平凡的人活得更加美丽。

也有人觉得美容整形对于麻醉水平的要求比综合性医院要低，但"人命关天"，对这个新兴的行业来说，麻醉的安全性却同样不可小觑。何国跃从未降低对自己技术的要求，仍然万分严格地对待每一次手术。他说："只有小手术，没有小麻醉，一旦上了手术台，我们就必须高度专注、极度严谨，容不得半点闪失。"

来到美莱之后，跟一群年轻人在一起，何国跃都变得更年轻了。他说，不管如何选择，人生总是有得有失，只有以豁达的态度与发展的眼光接纳新事物，才是保持年轻心态与成功的秘诀，这也是他勇攀医学高峰源源不竭的动力与源泉。

圆他人之"美"梦，也是一条阳光之路。

回馈：情怀是最美的底色

何国跃做人做事的口碑极好。他一直秉承着热心奉献、与人为善的原则，工作认真、体恤员工，他关爱弱势群体，不忘回馈社会，不管走到哪里都有与他真诚交往的朋友，有热情好客的邻居，有感恩他相助的患者。何国跃的努力得到了社会与单位的肯定，他多次被评为先进工作者和最美医生。他的家庭也多次被评为"长沙市模范家庭"。很多人都羡慕这两夫妻的相互包容，相互理解，又有着同样宽广博爱的胸襟。

何国跃的热心在朋友圈里一直比较出名，家乡溆浦的地理位置比较偏僻，对于一些想走出来又苦于没有门路的老乡，他都不遗余力地提供帮助，这也为大家做了个好榜样。于是，在上海和长沙的老乡里，就有了一大群和他一样的热心人，温暖了许多乡里乡亲的心。

不辞辛苦组织义诊也是何国跃经常做的事，能为行动不便的老人检查身体，能去交通不便、医疗条件落后的地区提供技术支持，是他对社会爱的回馈与奉献。

一次去娄底义诊的时候，何国跃碰到了一个同行，虽然也都是医生，但这位同行的身上还毛病不少，她做过许多检查和治疗，效果都不理想，特别是失眠症让她非常苦恼，严重影响着工作和生活。何国跃知道后，给她进行了几次针灸治疗，这样同行的身体便有了明显的好转。

在何国跃心里，去帮助他人就像是吃饭睡觉一样自然，是一件再正常不过的事情。不管是帮谁调理一下身体，帮谁治疗一下颈椎腰椎，不管患者是贫穷还是富有，他都能做到一视同仁，只要自己力所能及，他便全心全力去帮助。说到热心肠，何国跃感慨道："其实，我妻子也一直致力于社区公益事业，她现在比我还忙得多呢。"

随着采访，我对何国跃的了解越多，对他的敬佩也越来越深。我看到，在何国跃身上，沉稳睿智且又能融会贯通，他不会拘泥于某种思维某种想法，而是在自己的处事原则之下去包容万物，以入世的态度成为行业佼佼者，又以出世的心态成为正能量传播者。

不管吃过多少苦、受过多少磨难，都不辜负梦想，对社会勇于奉献，对自己不畏辛劳，既能善待他人，也能不辜负自己，一个人最难能可贵的品质尽在于此，何国跃做到了！

湖南读书会主播胡丽佳：
活成春天的模样

● 涉江红帆

明天起，活成春天的模样
自信，向上，乐观，善良
明天起，活成一束光的样子
微笑，真诚，宽容，奉献
对身边每一位朋友
对每一位老人与孩子
……
明天起，活成春天的模样！

一首小诗，浓缩了她的生活感悟，这是她为人处世的写照，亦是一面镜

子，辉映着她的一生追求。

你看，她那娇媚灿烂的笑靥，宛如一季又一季盛开的鲜花；她那如和风细雨的爱心，点亮了一季又一季的姹紫嫣红。

让我们走近她，一起来解读她几年如一日，如何为湖南读书会推广全民阅读的公益事业，为弱势群体，为敬老院的老人们贡献着自己的光和热。

走近她，湖南读书会的主播兼文学微刊秘书长——胡丽佳。

她，就像那站在春天的枝头播撒芬芳的天使。

春天的印迹

1978年8月末，年轻漂亮的胡丽佳以代课老师的身份走进了岳阳一所乡村中学的教室。

此前，胡丽佳曾"上山下乡"，她干过养猪员、放牛员、炊事员，也学会了插秧、种田、收割，她用汗水与泪水书写着青春的倔强与坚韧，现在走上了一个崇高的新岗位，她在心里暗暗发誓："这一次，我一定要做一名优秀的老师！"

胡丽佳是岳阳人，出生于岳阳造纸厂一个普通的工人家庭，父母都是岳阳造纸厂1958年创建时期的元老，因此她总是自豪地说，自己是一个地地道道的"岳纸人"。她的父亲当过兵，从部队复员回来以后在岳纸当汽车驾驶员，当年的驾驶员可是比较高端的技术工种。母亲在托儿所工作，当着辛苦的孩子王，但这也是一份比较开心的工作。胡丽佳在家里四姐妹中排行老二，但她在小学与中学期间都担任了班干部、团干部，德智体美劳全面发展，可谓是品学兼优的孩子。

当学生时便有了想做一名老师的梦想，对此她有自己的目标：以后要做一名称职的老师。

为此，初为人师的胡丽佳决定拿出自己的全部精力来"奋斗"。

在校园里每天清晨都能看到她在教室里带领学生大声朗诵唐诗宋词，课间也都能看到她与同学们玩游戏朝气蓬勃的身影。教学模式重要，胡丽佳边学边教，边教边学，不断完善知识体系，积累教学技巧，努力提升教学水平。师生关系的信任与互动同样重要，班上的部分学生年龄比胡丽佳还要大，但她毫不畏怯，与大龄学生既做师生，又做朋友，还利用业余时间给学生们辅导功课，替贫困学生交纳学费。

同事们都笑着说，这个年轻的女孩子身上有着使不完的能量。

到了休息日或节假日，胡丽佳便会去做家访。每每都是踏着晨光里的蜿蜒小路出发，一家一家地走访，直到乡村里农家昏黄的灯火碎碎点点如星亮起，才拖着疲惫的步子匆匆返回。夜里，她将双脚泡在热水里解乏，手中的笔还在忙碌，记下家访中了解到的情况，每一名学生，都能得到她的不同关注。同学们一点进步，家长们一点认同，那都是对她用心工作的认可。有付出便有回报，同学们越来越喜爱她了，学习有了困难会主动询问，生活有了秘密也愿意分享，那些在学校期间的工作与生活，每每回想，都是温暖与快乐。

优秀的人在哪里都是闪亮的，几年后，胡丽佳进入岳阳造纸厂当了工人，又担任了车间的团支部书记，仍旧是她率先在青工宿舍成立了"青年之家"。

在车间工会的支持下，青年之家购置了书籍、杂志、报纸，还有象棋、电视机等，职工们下班后可在此读书、看报、下棋，或者看电视。胡丽佳还经常组织工人们开展有益身心健康的各种活动，比如在各宿舍之间开展卫生竞赛，奖励评选出优秀的宿舍，促使大家爱护环境，保持卫生。

岳阳造纸厂是全国八大造纸厂之一，几千人的大厂，每天早上伴随着激昂的音乐，浩浩荡荡的进厂大军会挤满整个街道。人们在厂外说说笑笑谈论各种新鲜事，进入车间工作则立马进入工作状态，将每一个工作任务都看得比天大，厂里每周都会组织技术心得交流，共同进步绝对是当时的主流思想。即便如此，厂里仍旧还是会有部分不求上进的青年工人在工作上马马虎虎，在生活上惹是生非，于是胡丽佳组织团员们与青工结成对子，进行一对一帮扶。

胡丽佳的帮扶对象是一名谢姓男青工。小谢是车间维修班的钳工，但他在工作时经常心不在焉出状况，如何带动小谢成长为一名合格工人，需要胡丽佳用心引导和帮扶。但她毕竟是一名未婚女青年，如果常往男工宿舍跑，恐怕多有不便，但胡丽佳身为团支部书记，肯定要带头做表率、出效果。身正不怕影子斜，胡丽佳把小谢当成自家弟弟一样，在工作中督促他，在生活中关心他，有时不仅帮他洗衣服和被子，还会把他带回自家吃饭，让小谢感受到了家庭的温暖。

精诚所至，金石为开。在胡丽佳的带动和感染下，小谢渐渐有了改变，他开始认真工作，慢慢也能独立完成技术维修任务，在生活中也开始变得阳光和正气。看着小谢在工作中的进步，在生活中也越来越受大家的喜爱，胡丽佳也颇有成就感地笑了。

帮助别人进步，自己也需要不断进步。为了提升自身的工作能力与专业素养，胡丽佳参加了函授自学考试，在很长一段时间里边上班边学习，终于获得了西安统计学院的会计与统计核算大专文凭。她还参加了造纸厂文工团，利用业余时间排练节目，参与编排演出了《咱们新疆好地方》和《阿里山的姑娘》等节目，得到了大家的认可，之后还专程去湘潭电机厂学习了双人舞《春雨》。

在双人舞《春雨》中，胡丽佳需要女扮男装，抱起舞伴旋转一周，这个动作对她而言颇具难度，但她学成归来以后反反复复地进行双人练习，一次次抱起和旋转，手酸了，腰疼了，腿肿了……她全然不顾，直至舞蹈动作能完全默契和优美地完成。然后再配合乐队反复练习，才实现乐舞合一。后来，胡丽佳的双人舞《春雨》成了厂文工团的拿手节目，每次文艺活动都会被安排上台表演。

在20世纪80年代初，造纸厂工人的工资很低，物资供应缺乏，而且几乎没有休息日。虽然条件艰苦，厂职工食堂却会为职工们准备丰盛的年夜饭，一个厂的人坐在一起简直就像一家的兄弟姐妹，还有每年的文艺汇演都极大地丰富了职工家属的文化生活。胡丽佳积极参加厂里的各种活动之外，也经常组织车间的青工开展娱乐活动，或者学跳青春圆舞曲，或者一起去君山踏青，或者开展一些阅读活动，使青工们在紧张忙碌的工作之余，多锻炼身体，同时还能从团队活动中加强团结。

多年以来，胡丽佳始终以优秀共产党员的标准严格要求自己，1985年3月，胡丽佳由窦友兰、李建中两位老党员介绍，成为一名预备党员，并在一年后顺利转正，光荣地成为一名中国共产党党员。

春天的芬芳

在岳阳造纸厂的园区里，春天那一树树梨花、桃花开得满园烂漫，初夏时节如拳大的白玉兰朵朵飘香，立满枝头……这一年年周而复始的妩媚风光，是人间最美的景色。

一年年，胡丽佳行走在这造纸厂的四季里，她笑颜如花，也是一道清朗的好风景。

一年年，不管是当普通员工还是担任基层领导，她都有满怀芬芳的关爱绽放，在同事之间，在社会上，在弱势群体之中悄然绽放。

机会总是优先光顾乐于奉献的人。

1985年5月，胡丽佳调入造纸厂工会工作。刚到工会，她就进了湖南省总工会组织的调研组，前往困难企业衡阳木器厂工作。

在调研组，胡丽佳与各地来的同志亲如一家，大家团结一心，积极投入调研工作。在与木器厂职工谈话时，她认真细致做好笔记，并努力向工会其他同志学习，积累谈话的艺术和工作经验，在近一个月的工作期间，出色地完成了调研任务。

在工会工作的22年时间，胡丽佳先后担任过出纳员、会计、女工委员、文体干事、党群部党建干事和党群部办公室主任等职务。担任工会会计期间，她每年都被评为市总工会财务工作先进个人、公司优秀先进生产者。她还曾被评为全国轻工工会先进个人；担任工会女工委员期间，她每年都被评为市总工会女工先进工作者，女工工作先进单位，并荣获省、市级芙蓉标兵岗称号，2005年被评为湖南省总工会百优女职工干部。

22年，胡丽佳将自己的整个青春都奉献给这个"工会大舞台"。

许多员工都评价说："佳姐热心，有亲和力！她的言语温暖，笑容芬芳，我们很喜欢和她交谈。"

2008年，胡丽佳调入岳阳华兴公司担任党支部副书记、公司办公室主任。

2009年，胡丽佳调入离退休办担任党支部书记。在退休办工作期间，她一如既往，依旧热情地与离退休人员打成一片，与他们一起参加各项活动，帮舞蹈队排练节目，与老同志一起打乒乓球，急众人之所急，想众人之所想，将他们视为自家父母一般，耐心倾听他们讲话，认真帮他们处理和解决各类问题。

2010年，胡丽佳调任了洪家洲社区食堂任党支部书记。由于后勤食堂工作关系到公司在职员工的生活质量，胡丽佳在食堂工作期间主要负责物资采购的物价监督，她每周至少有两天在凌晨四点多就随车去岳阳批发采购点，还需要经常下乡调研粮油价格，为集中采购降低成本提供第一手资料。

食堂员工同样要重视思想政治教育工作，胡丽佳经常给公司报社投稿，报道食堂工作状况，连年被评为优秀宣传工作者。她还策划组织食堂元旦联欢晚会，创作歌唱食堂好人好事的三句半，邀请食堂全员（含外包员工共50余人）参与表演，联欢晚会获得巨大成功，得到社区领导和食堂员工的高度赞扬。

"你给员工多少爱，员工都会记在心上。"

所以，每逢佳节，胡丽佳都会收到雪片一般多的感恩卡片和信件……

春天的模样

光阴轻轻，岁月冉冉，多少灿烂笑靥宛如一季季春暖花开，多少和风细雨温润了一幕幕姹紫嫣红。胡丽佳心有春天，绽开了满园春韵。

无论是身在工作岗位，还是离职退休之后，胡丽佳的身体与思想都是在一起奔跑的。她有一股与生俱来的不服输精神，也有着善良的秉性与蓬勃向上的进取精神，平时她积极参加各种社会募捐活动，在大灾大难事件面前主动捐款，并积极宣传党的方针政策。

说到与时俱进，胡丽佳的学习也从不间断。

胡丽佳的丈夫和女儿都爱学习，并在各自的工作领域里均有所建树，胡丽佳也积极向他们求教学习，她还从网络上自学了PS和视频编辑、音频剪辑，学习朗诵配音，连音频、视频格式转换等技巧也运用得颇为娴熟，这些技能后来都用在了湖南读书会和艺术团的活动中，使她的退休生活更加丰富多彩。

胡丽佳有个非常幸福的家庭，她下得厨房，出得厅堂，丈夫都自豪地夸她："是胡家的好女儿、夫家的好媳妇，是老公的好妻子、女儿的好母亲。"

家是人生的A面，而奉献社会却是人生的B面，二者共同搭建起人的精神世界。在退休之后还能继续为社会做贡献，还能跟上社会节奏，老有所为，这令胡丽佳非常欣慰。

2014年，刚加入岳阳秋韵艺术团的胡丽佳就担任团里的节目主持，她能自己撰写节目主持词和串词，还是舞蹈演员，多才多艺的她深得大家称赞。在这个群体里，她的多才是显性的，团里的不少成员都是请胡丽佳帮忙才注册和开通了QQ号和微信，并建立了秋韵艺术团QQ群和微信群，使成员之间的联系沟通走进了"现代化"。

三年疫情断断续续，其间多次"禁足"，大家都减少了外出活动，但有了网络便能照常联系，胡丽佳带领艺术团成员发挥网络优势，以舞抗疫。她主动写新闻稿，上传至岳阳楼区文化馆，做到了以舞抗疫，支持抗疫斗争！在与团长沟通之后，她还主动以艺术团之名参加了三期"我和我的祖国——世界华人抗击疫情公益文艺展播活动"，并将本团原创节目视频发布至线上活动组委会，获得了优秀节目展播奖，个人也获得"抗疫公益文艺之星"荣誉。

2019年元月，胡丽佳由方展开老师推荐加入湖南读书会，又成了一名文化志愿者，担任起湖南读书会文学微刊秘书长职务，开始了推广全民阅读，弘扬国学文化的责任。她发扬多年养成的工作兢兢业业，一丝不苟好作风，每天清晨醒来的第一件事，就是推广宣传两个微刊作品，并给大部分作品留言，从此天天如此，从没有间断过。

在湖南读书会的平台上，担任主播的胡丽佳会在朗诵前反反复复阅读作品，理解作品，更好地揣摩和展现作品的灵魂和风格，用优美的声音展示优美的文字。为给作品更加增色三分，胡丽佳经常都会录了听，听了录，一遍遍剪掉重来，一直要录到满意为止。

说到音频录制，有时麻烦远不止录制环节。需要录制的短文有时仅二三百字，但长文也可能有八九千字，录制时间有长有短，但经常会录制完毕配上了合适的音乐之后，刚转换好格式发给作者，又遇到作者重新修改作品内容的现象，于是之前辛苦录制的音频又要重新开始一轮反复地录制、配乐。

为了不影响第二天出刊，胡丽佳经常都会加班加点录音，哪怕忙到凌晨三四点了，熬出来两个黑眼圈，也要赶上定好的出刊时间。

对于读书会临时交给的其他任务，胡丽佳也都非常积极高效完成，她校稿认真，有时还需要通宵达旦地制作湖南读书会志愿者工作证，在协同完成采访榜样人物后还及时制作了宣传视频，深得大家的喜爱与赞赏。在推广全民阅读的活动中，胡丽佳制作图片、视频，在抖音、美篇上进行全方位宣传。她不厌其烦地推荐青少年儿童参加读书会组织的竞赛活动，部分学生还成了签约小作家和最美少年。

不管要承担多少工作任务，胡丽佳从来都不叫苦，只全心全意去完成。她也从不计较自己吃过多少苦，毕竟在奋斗的路上，每一种苦最终都可能化成一道光，将平凡的人生点缀成五光十色……

"最美军嫂"王星宁：
梦里梦外皆神州

● 守 望

"万花敢向雪中出，一树独先天下春。"

红梅傲雪，不畏严寒，且丰姿绰约，如红梅一样具有顽强精神的娇美女子，更美于红梅。

致敬，戎装背后的她

王星宁，国家二级运动员、湖南读书会怀化活动基地常务理事，供职于长沙银行。

除上述身份之外，王星宁还有一个令大家非常尊崇的身份——军嫂。

有位朋友曾在文章这样描写过王星宁："朋友圈里，有一位出生于1994年的美丽军嫂，她偶尔晒着在工作中的点滴，偶尔晒晒2岁宝宝健康活泼的照片，她配文说：'宝宝与妈妈一直很好，爸爸安心保家卫国，我们等着你回来！'……远方的家是温暖的港湾，足以给予在远方保家卫国的军人以更坚实的力量。"

从大二开始两人相识相恋，王星宁看着丈夫从新兵到优秀军官，她一心一意相守，也知道与军人相恋相守需要有比常人更多的坚强和坚定。军人的职责是保家卫国，一年里那点有限的探亲假，使他在恋爱时不能经常陪伴花前月下，婚后同样也不能朝朝暮暮相守，不能共同扛起一年四季的风风雨雨和生活琐碎事务。即使是思念了，累极了，委屈了，生病了，孩子闹腾了，远在军营的他都无能为力，有时候军嫂们还不愿意告诉丈夫，怕他担心和影响他的工作。

丈夫肩扛着军人的职责守卫边防，王星宁必然就得用柔弱的双肩挑起一家老小的生活重担，用无悔的付出，无私的奉献，支撑起丈夫对国防事业的执着追求。

"爱"只有一个字，"爱"就是一辈子，"爱"就是独自扛起了共同的家，这时候，王星宁的纤秀柔弱都化成了与军人一样的钢筋铁骨，披星戴月的奔忙，焦头烂额的坎坷，她都一点点撑了过来，仍以微笑面对亲人面对工作。她不会说，丈夫探亲假前半个月她就开始万分期待，她不会说，探亲假结束后多少个夜里她还很难过。她不会说，在很多很多时刻其实都有灼灼地想——如果他在家该多好！

她几乎忘了，自己从小到大也是无忧无虑的快乐女孩儿，因为选择做了军嫂，她已经练成了一身无坚不摧的甲胄。可是，每当她从电视里看到军人救援百姓的身影，她都会不由自主感到光荣和自豪。

作为军嫂，她可能每天都看不见他，可是她每天都能感受到他，军人的光荣无处不在，爱的陪伴亦无处不在。

熏陶，在红色溆浦成长

王星宁出生于湖南溆浦，这儿是中国共产党唯一的女创始人向警予的故乡。王星宁的小学便就读于警予学校，从小接受着深厚红色文化的熏陶，也有着良好的家教，使她从小拥有一颗奉献之心。

学生时代的王星宁一直是老师的小助手，身为学生干部的她，除了把自己负责的工作做得井井有条外，还把温暖的手伸向家境困难的同学。初中同学因家庭困难辍学，她得知情况后立刻捐出了自己的几千元压岁钱，还发动同学们一起捐款。

高中时，王星宁品学兼优，多次被评为学校、县级的优秀班干部，同时还是一名优秀的运动员，在体育比赛中多次获得奖项，拿到了国家二级运动员的证书。作为体育特长生，王星宁必须每天都早起参加体育训练，晚上也要训练，每天都上下跑楼梯，还要拖着一百多斤的大货车轮胎围着教学楼和操场跑，每天训练三个小时，每次训练衣服是湿漉漉的，有时候腰都伤着了也不放弃。

王星宁勤奋学习，课余时不忘为同学们服务。她既是团委执委，又是学校文学社的执行主编，工作做得有声有色，深受学校领导、老师以及同学的称赞。在学校的大型文艺晚会，王星宁组织其他团干部一起利用双休日外出向企业拉赞助，刚开始时她无从下手，她开动脑筋想办法，将人员分组后一家一家跑公司跑店铺，一处处找老板找店长，碰过许多壁也不放弃，最终感动了企业老板给予赞助，看着一场场策划成功的文艺晚会在县人民大会堂隆重举行，同学们都感到无比骄傲。

王星宁从小就爱写文章，她喜欢把身边的好人好事写下来，一篇篇感人的文章经常被老师在课堂上念给同学们当范文。高中时学业繁重，作为校报《芳草园》的执行主编，王星宁仍会组织收稿、开会，课余时间还负责打印作品。打字是一个非常累的活，那么多作品，她都审核、打印，有时候手麻木了，腰酸了，但她从无半点怨言，每当看到同学们的文章在《芳草园》上发表，看到同学们的一点点进步，这都是她最开心的时候。

王星宁还会组织文学社成员去敬老院慰问孤寡老人，为他们送上礼物，表演节目，与老人话家长里短，温暖着老人们的心扉；有时候，王星宁组织文学社义工队去医院做义工，关怀住院生病的离休老干部、老红军，并写下了《心中有爱，请不要独享》，呼唤人人都来奉献爱心，该文获得全县征文一等奖。其实，王星宁有许多作品参赛并荣获市、省乃至全国奖项，母校溆浦一中文学社至今还保留着王星宁的文章与活动照片和视频。

追梦，一路付出一路成绩

王星宁以优异的成绩考取了红色大学——井冈山大学。

大学同学都是来自全国各地的体育人才，到了更大的世界，王星宁意识到，在这个新的大集体里，自己的水平其实远不够拔尖，于是她在体育理论上苦下功夫，每天最早到图书馆看书学习，晚上也学习到11点钟才回寝室，功夫不负苦心人，王星宁在大学期间也因成绩优异多次获一等奖学金。同学们都羡慕地笑着说她"奖学金拿到手软"。

大学期间，除了专业学习，王星宁还同时拿到了财务管理本科毕业证，成了"双学位"人才，文学作品也多次获国家级、省级、市级作文比赛一、二、三等奖，被校方评为文明大学生、优秀毕业生。

"在北京实习与工作的日子，是我成长腾飞的时日。"王星宁总是一脸灿烂地说。

大三、大四的暑假，王星宁来到北京《军嫂》杂志社当上了实习编辑。为了做好这份工作，她白天在杂志社向老师请教学习，夜里则把社里历年的杂志全部翻阅了一遍。一本本地看，一篇篇地读，然后再按作者名字进行整理，各位作者发表了多少篇文章，她一一记录下来，然后研究哪些风格的作品更受读者欢迎，为什么受欢迎，经过深度分析，她从中学到了许多，文笔也越来越老练，后来王星宁也有多篇作品发表在《军嫂》等报刊上。

在北京，王星宁照旧利用业余时间当志愿者。她在不少体育赛事上当志愿者，还撰写赛事新闻，深受大家的赞赏。在这段"北漂"的生活中，王星宁认识了许多各行各业的优秀人才，世界越来越大，懂得越来越多，王星宁的情怀越来越深，她不定期参与社会公益活动，还在中国人体器官捐献管理中心登记了遗体捐献，签署了联合国儿童基金会月捐计划。

大学毕业后，王星宁回到了家乡，她想为家乡建设贡献更多。

当中专老师期间，她工作认真负责，许多学生也随着她的步伐走上了公益之路；考取长沙银行的岗位之后，她要学习的新内容更多了，但没有什么困难能阻挡王星宁追逐梦想的脚步，一个个新的岗位，一次次新的尝试，一回回攻坚克难，一点点收获认可，王星宁遇到了许多意想不到的难题，也付出了比常人更多的努力。因为业务出色，王星宁很快就转岗担任客户经理，并获得了"优秀客户经理"的荣誉称号，之后又因综合素质全面通过了竞聘，来到擅长的领域担任综合文秘，负责党建和宣传工作。

作为一名共产党员，作为一名军嫂，王星宁做到了家庭、事业一肩挑。生孩子，五个月产假她只休了三个月便投入到工作中，白天忘我工作，下班回家还要带孩子，一手抱着孩子喂奶，一手还得刷"银行从业资格证"试题，并以优异的成绩通过了考试。她仍旧不忘初心，坚持参加公益活动，每年都参加湖南省慈善基金会捐赠活动，还经常抽时间去贫困山区和敬老院献爱心，捐款捐物；她给留守孩子上辅导课，讲励志故事；她赞助湖南读书会公益出版励志人物书籍，还联系单位为学校修建图书馆，给贫困孩子与村民丰盛的精神食粮。每次爱心活动后，王星宁都要认认真真地写新闻报道，写心得与感悟，以呼吁更多人投入到爱心捐赠活动中来，多篇报道在掌上怀化、湖南红网等省内外媒体发表，还曾获评单位年度好新闻等奖项。

王星宁有一句口头禅，她说："只要人人都献出一点爱，我们的世界将会无比美好。"

"铁人老师"唐大琨：
42年坚守山区学校

● 叶 华

他是一位执着、勇于奉献的热血男儿，质朴不张扬的外表内蕴含着一颗善良的心；他是百花园里最辛勤的园丁，用满怀的爱与满腔的热血酿制了一片一片芬芳桃李，馨香了神州大地。他是湘西山区教育界一颗明亮的星，蜚声教坛。

他，就是湖南省溆浦县大华学校优秀教师唐大琨。被大家誉称为"铁人老师"。

让我们走进唐大琨老师的多彩生

活,去感受他一生的精彩传奇。

温暖的宿管员

"嘀嘀嘀……"清晨6点10分,起床的号声准时响起,唐大琨忙忙碌碌的一天就此开始。

"一二一,一二一……"6点30分,天刚蒙蒙亮,寒风瑟瑟翻动落叶,山区白雾弥漫,晨练的口号准时响起。

"同学们,抓紧时间洗漱,整理内务,按时早读。"7点,唐大琨督促的声音准时在各寝室间响起……

唐大琨每天都会在5点30分准时起床。每天他都是学校第一个起床的人,也是学校最后一个就寝的人,满打满算一天只有六小时睡眠时间。

58岁的唐大琨从教42年,他是一名最普通的山乡教师,但集多种身份于一身:宿管员+班主任+思政老师+园丁。琐屑、繁重——只有内行的人才能读出这些"身份"背后的真正内涵。但唐大琨并不管这些,他只是一如既往地去做该做的事,他的过人之处就是主动把日常工作一件件落到实处,做到极致。

用唐大琨自己的话说就是:"来时,尽心尽力;走时,不带走一粒尘埃,不留下任何遗憾。"

大华学校地处溆浦、隆回、洞口三县交界处,是八百里雪峰山里的一所九年制乡村学校,在校学生近千人,有三百多人常年寄宿,大部分都是留守孩子。这些孩子年龄不一,缺乏生活经验,宿管员是一份"苦差事"：主要工作时间在夜间，天长日久，个人生物钟都会紊乱，何况既要管孩子的学习，还要管安全、生活，任务重，压力大，没有几个人愿意干，也没有几个人能干好。

2012年9月，老宿室管理员退休了，有人想到了唐大琨。他考虑再三，觉得当宿室管理员虽然辛苦，但更贴近学生，能守护孩子的成长，而留守儿童的成长也太重要了，于是他就接下了这副重担。

每天，唐大琨的第一件事就是一个个寝室检视，然后组织晨练、洗漱、早读、就餐。寝室、教室、食堂，三点一线，周而复始，忙忙碌碌，像陀螺似的来来回回跑。工作一天，累得软得像团泥，瘫在床上再也不想动弹了。本来，唐大琨作为宿室管理员肩上的担子就不轻，可他还主动担任了毕业班的班主任，并负责思政课的教学任务，自觉承担学校花草养护、校园广播站工作，把自己的时间安排得满满当当。他不是在寝室，就是在教室，从不停歇，因此全校师生都爱称他为"铁人"。

被问及当宿室管理员的感受时，唐大琨说："称职的寝室管理员首先是安全和卫生的监护者、学生生活上的贴心人，更是学生思想品德养成的教育者、健康成长的引路人。"

唐大琨是这样说的，也是这样做的。他登上讲台是老师，走下讲台为学生既当爹又当妈：深更半夜要起床给这个披被子，给那个拉蚊帐，孩子踢掉的枕头要悄悄放回原处。深更半夜，一旦有肚痛脑热的还要忙不迭往医院送。低年级孩子不知道去食堂就餐，需要引领，晚上睡觉时要找自己的爹娘时常哭闹，需要安抚。喝水，洗脸，刷牙，尿床……每一件都是小事，但每件事他都要亲力亲为。

为了照顾好孩子，唐大琨费尽心思，他自费购买板蓝根冲剂、跌打损伤膏等常用药品应急，给体弱孩子常备红糖、白糖、水果和牛奶，他晚上会提前烧好水，让同学们晚自习后能喝上一杯热腾腾的温开水。特别是毕业班的那几个孩子在晚自习后还想"开小灶"，唐大琨就安排好了一个小房间，避免影响其他学生的休息。

小希是个智障孩子，父残母嫁，生活十分困难，他住校七年，是唐大琨给予了他无微不至的关怀，使小希再也离不开唐大琨，一下课，他就成了唐大琨的"跟屁虫"。在唐大琨的细心教导下，小希跟着唐大琨学到了不少生活常识，也成了劳动的一把好手，师徒俩一块儿把校园的花花草草侍弄得精精神神。唐大琨说："孩子念书虽然不太行，但会劳动，将来在社会上就能自食其力。"有一回，小希尿床了，唐大琨把自己的被褥给他铺上，并带着几个寄宿生一起把脏被子洗得干干净净，小希非常感动，就把唐大琨送给他的，两个一直舍不得吃的苹果洗干净，切成几小块分给了热心的同学。看着孩子变得这么懂事，唐大琨欣慰地笑了。看到小希的被子破了，唐大琨就给他买来两床新被子。那天，小希昂着头用不太流利的话语大声宣告说："这是唐老师给我买的！"这一刻，大家发现，小希眼中有晶亮的泪光在闪动。

为了丰富孩子们的课余活动，唐大琨购买了篮球、羽毛球、乒乓球、象棋等体育器材，成立了篮球队，多次为学校取得了荣誉。孩子们还组建了"七彩阳光·校园之声"广播站，每天定时开播，诵经典，播歌曲，读美文，已连续坚持了十年，得到湖南大众传媒职业技术学院领导的高度评价，称赞山窝窝里飞出了金凤凰。他们不但给学校捐款捐物，培训小广播员，还组织小广播员去学院游学参观。

除了贴心的关怀，唐大琨对学生的要求也很严格。内务整理烦琐细碎，唐大琨总是言传身教，率先垂范。不管何时走进寝室，总能做到"五线一方"：杯子、牙缸一条线，毛巾一条线，鞋子一条线，桶子一条线，早晨倒完垃圾后的垃圾桶都清洗干净摆放成一线；被子折叠成四方四棱的豆腐块。唐大琨还带孩子们去山上挖来各种野花，将寝室装扮得温馨而漂亮。不论何时走进寝室，地面总是干干净净的，门窗一尘不染，窗台上鲜花盛开，墙壁上没有乱写乱画现象。学生的床铺都使用了五年，却没有任何刮痕，还完好如新。唐大琨就是一点一滴，潜移默化，逐步培养学生的责任感，帮助他们养成了良好的生活习惯。

厕所是学校文明的窗口之一，是养成良好行为习惯的重要场所。唐大琨带着孩子们洗刷污垢，贴上字画，种上生机盎然的花草。走进这生态厕所，舒适，雅观，洁白无瑕，使用二十多年依然无丝毫异味。

2018年12月，教育局局长严安民进入校园进行随机检查。当他看到寝室管理井井有条，特别是看到厕所一尘不染、花草生机盎然时，大为赞赏，并在全县校长会议上大加推崇。

如今，大华学校的寝室文化已经声名远播，参观者络绎不绝，全县八十多所学校的老师慕名前来取经。2020年9月，溆浦县委书记谢商成同志带领了全县各部门各乡镇主要领导、各学校校长共一百二十余人参加大华学校现场会，兴致勃勃地参观了寝室，感叹道："管理规范"，同年12月，省、市领导又相继来到了大华学校，实地感受到了"把本职工作做好做实就是亮点"这句话的深刻内涵。

"铁人"般的好老师

因为热爱，所以执着。唐大琨老师深爱着党的教育事业，深爱着他的学生，对于任何繁重的工作，他都主动承担，欣然接受。

唐大琨肩上的担子不轻，除了宿室管理员、毕业班班主任，他还承担思政课的教学任务，带出了学校的样板班级，2019年、2020年连续两年任教的六年级《道德与法治》合格率名列全县第一。

细节决定成败。唐大琨深知，把班级环境布置漂亮了，桌椅整齐了，卫生干净了，有花有草，空气清新，学生学习自然心情愉悦，各种不良习惯也会受到约束和限制。

因此，他在假期花了不少工夫把原来千疮百孔的墙壁、乱写乱画的字迹，刷上腻子粉，涂上油漆；把教室地面、桌椅板凳清洗干净；接着在墙上贴上宣传海报、名言警句和班规。他还精心布置出艺术角、体育角、图书角，在植物角摆上各种野花野草，在生活柜里装上日常药品。经过一番精心"打扮"，教室面貌焕然一新，让人感到舒适和温馨，像一个温暖的大家庭。

每节课伊始，他把"老师好"改为大声齐读班训——"创优异成绩、交满意答卷"。这既是向上课老师表达决心，又像在宣誓，能够警醒学生们在课堂上要注意力更加集中，教学效果更好，学习效率更高，师生配合更加默契。

就餐也有一套程序：吃饭前，学生首先都坐在自己的座位上，把碗筷统一放于桌子上的右上角；由生活委员主持、文艺委员负责播放轻音乐。接着全班起立，齐诵《悯农》："锄禾日当午，汗滴禾下土。谁知盘中餐，粒粒皆辛苦。"然后坐下，按顺序依次盛饭打菜。打好后回到自己的座位上，听着轻柔的音乐，吃着美味的饭菜。吃完后，才能离开教室去洗碗筷。昔日混乱的就餐秩序和屡禁不止的浪费粮食现象一去不复返了。"光盘行动"真正落到了实处。

全班同学身上的独特胸牌也是唐大琨自费定制的。胸牌上有学校名称，有学生姓名和班级，戴着这样的胸牌，无论在什么场合，学生都会更加注重自己的形象，维护班级荣誉，努力为班级增光添彩。

大华学校是怀化市创特色教育示范学校。每周一升国旗后，各班级轮流上台进行"诵读展演"和集体诵读，感受祖国传统文化的魅力。每次登台，唐大琨的班级都会提前做好充足准备，一旦亮相，服装整齐，声音洪亮，总能出类拔萃，赢得热烈掌声。

唐大琨经常带领班上的学生到附近的山上和路边采集花草，利用自身的园艺经验教授学生花草栽培和护理的知识，培养学生的爱心和耐心，引导学生热爱生活。

他还喜欢组织班级活动，这样既能活跃班级气氛，锻炼学生能力，还能融洽师生关系。团队活动都别出心裁，开展得有声有色。

一般来说，学生都喜欢年轻漂亮的班主任，像唐大琨这种已过"知天命"之年的"高龄班主任"，学生通常会"敬而远之"。但唐大琨却让这些在山村里野惯了的孩子们一个个服服帖帖成了"小跟屁虫"，除了丰富的管理经验，靠的全是个人魅力。

一是舍得投入。时间、精力、关爱一股脑儿往孩子们身上投，任你铁石心肠也会被焐热。当然还有金钱。班级奖金、班主任津贴全部投入，还要从工资里"倒贴"。购买班级图书、书架，置办文艺演出、购买装饰教室的物品等，唐大琨全都是自掏腰包。陈立松同学家庭特别困难，是唐大琨资助她一直读到初中毕业。吴承钰同学因病住院，是唐大琨在班上开展爱心捐助活动，并率先捐款500元，带动学生们踊跃参与；他还为此在班上组织了献爱心主题班会，在《爱的奉献》的歌曲中，班长张丽芳把这份沉甸甸的关怀交到吴承钰家长手中时，家长感动得热泪盈眶，激动得久久说不出话来。同学们也因此受到了深刻的教育，感受到了班集体大家庭的温暖。

二是以身作则。刷厕所，唐大琨二话不说，蹲下身子就干起来。学生一拥而上，困扰学校多年的老大难问题迎刃而解。课余时间，唐大琨还带领孩子们进行劳动锻炼，除草、松土、垒墙，学校后面那曾经杂草丛生的荒山坡如今已生机勃勃。大家都会情不自禁从心底发出感叹："唐老师对学校和学生，真是用心用情！"

三是奖罚分明。学校墙上有一块大黑板，唐大琨每天都会把学生的各种情况公示出来，该扣分的坚决扣，该奖励的照样奖励。奖品绝对酷，他把学生的照片拍下来，做成封面，写上寄语，找专门厂家制成笔记本。学生拿到这样个性化的奖品，都喜出望外。

付出，付出，打造成学校一道道独特的风景。寝室文化成为大华学校的一个工作亮点，声名远播。2016年12月，省、市、县领导一行三十多人来到大华学校考察，称赞管理精细，环境优美，校风优良，先进经验值得推广。2020年9月，溆浦县常委议教工作现场会、德育工作现场会相继在大华学校召开，"看大华，学大华"成为全县教育界的一句流行语，八十多所学校慕名前来参观取经。学校先后被评为湖南省生态文明建设单位、湖南省乡村温馨校园、湖南省家校共育试点学校、怀化市安全文明校园、怀化市特色教育学校。这一切，唐大琨老师功不可没。

把本职工作做好做实就是亮点。2020年7月，唐大琨老师的优秀事迹《温暖的宿管员》在《科教新报》头版刊登，他还荣获过溆浦县教育突出贡献奖，并多次被评为"师德标兵""最美乡村教师"。

唐大琨老师是一盏明灯，温暖了无数孩子的求学路，也照亮了无数学子的人生征途。

乡村中学校长向县华：
深耕教育赤子心

● 朱梦斯

　　他，是一位深耕乡村教育教学工作二十余年，硕果累累、桃李满天下的辛勤园丁；他，是一位扎根家乡教育事业，奉献青春、倾注全部心血的好校长。

　　工作上，他爱岗敬业，踏实勤恳，兢兢业业，恪尽职守；思想上，他积极严肃，自觉自律，是党的教育理念的忠实践行者；业务上，他刻苦钻研，学以致用，一次又一次勇攀学术高峰。

　　他是同事心目中的顶梁柱，他是学

生心目中的引路人。他，就是对教育事业怀揣浓浓的赤子之心、对家乡满怀深深眷恋的大地之子——湖南省溆浦县江维中学党支部书记、校长向县华。

有"梦想"勇"追求"

1977年初，向县华出生于溆浦县大江口镇的一个小山村，教育是这个农村家庭的头等大事。他所读的村级小学，没有操场，教室破烂不堪，恶劣的学校环境严重影响了学生的学习生活。坐在简陋教室里的向县华学习刻苦，此时的他已暗下决心长大了要尽自己最大的努力改变学校的现状，让像他这样的农村孩子能坐在窗明几净、干净整洁的教室里学习。

在小学和中学阶段，向县华的学习非常努力，成绩一直都很好，但高考不幸失利，向县华只考取了怀化师专（现怀化学院）数学系。读师范类院校意味着即将进入教育界，当教师是多么神圣而光荣的职业，他的选择也得到了家人的一致支持。而家人的支持也更坚定了向县华的理想，从此没有后顾之忧的向县华全身心扎进了教育事业。

1999年7月，向县华从怀化师专数学系毕业，回到了家乡，被分配到小江口乡中学工作，任教数学并担任学校团委书记。刚从学校出来就直接走上了讲台，由学生转变为老师，这种短时间内身份的快速转变使得向县华心里充满了忐忑。但是他知道万事开头难，既然选择了讲台，选择了教师这个行业，无论如何他都要坚持下去。讲台下一双双对知识充满渴望的眼睛抚平了年轻的向县华心里的不安与惶恐。初登讲台的向县华很快就融进了学校的生活，进入了教师的角色。

小江口中学是向县华教师职业生涯的第一站，为了尽快做好教育教学工作，向县华夙兴夜寐，争分夺秒地利用一切课余时间钻研业务，遇到不懂的问题就虚心向同事请教、向书本学习。经过坚持不懈地刻苦学习，他的业务能力和专业水平进步很快，他所教九（1）班数学成绩2001年获江口区同年级第一名，辅导学生参加怀化市初中数学竞赛刷新了小江口中学历年的成绩，他负责的校团委也连续两年被评为"县优秀团组织"。

将"压力"变"动力"

在小江口中学工作三年之后，2002年8月通过公考他来到了卢峰镇中学，这是一所县城学校，各方面条件都很好，对老师的要求也更高。陡然增加的压力让向县华很兴奋，他知道自己的职业生涯应该进入一个快速提升和发展的时期，他从来都是直面压力和挑战，把压力化为前进的动力。

在卢峰镇中学工作的十几年间，他不断思考总结，勤奋钻研，开拓创新，积极参加各类教学培训和实践学习，优化教学方式，创新教学模式。他就像吸水海绵一样不断汲取新知识，学习新方法，然后将学到的知识运用到教学中。他的课堂总是实用性与趣味性并存，学生们都非常喜欢上他的课，他的班级和学生也因为他的锐意进取受益匪浅，屡获佳绩。

在卢峰镇中学教学期间，他所教班级的数学成绩一直名列全校、全县前茅。所带班级多次获得怀化市毕业会考数学单科成绩全县第一名。他辅导的贺紫娟、刘正坤、肖思晗等多名学生参加国家级数学竞赛获一等奖；2011年3月，他代表溆浦县参加怀化市初中数学说课比赛获一等奖。

向县华一直致力于探索创新教学模式，在卢峰镇中学成立的数学教研组和课改组中担任组长，努力做好数学教学研究和课改推广工作，首创高效课堂、分组教学模式，他成为卢峰镇中学课改带头人和先锋。2008年2月，他主持立项溆浦县"十一五"基础课题《提高农村初中数学潜能生学习质量策略的实践研究》，历时四年于2012年4月圆满结题，为提高潜能生的数学成绩提供了指导方法。由他撰写的《浅谈如何做好学校潜能生转化工作促使学校学生均衡发展》等论文在省级刊物发表。向县华在实践中总结理论，用理论指导实践，脚踏实地，稳扎稳打，一步一个脚印为卢峰镇中学的数学教学事业留下了一笔笔宝贵的财富。

向县华在教学上精益求精，在班级管理上开拓创新。他回忆说：他到现在只当了两年班主任，从2012年至2014年，从八年级接手，当时班级管理混乱，学习氛围薄弱，学生精神散漫，心思也都不在学习上。

在连续观察了一段时间之后，他发现这群学生并没有想象中的那么差，他们只是还未褪去年少的叛逆，只要加以良好的引导、调教，完全有潜力可以变成品学兼优的好学生。他发现班上十几个和他个子差不多高的男生虽然调皮捣蛋，但是他们都很喜欢打篮球，于是他和这些男生约定：每天早课之前和放学之后都跟他一起训练打篮球。孩子们没有想到班主任没有像其他老师一样压着他们学习，反而鼓励他们打篮球。

向县华说到做到，每天早上天不亮他就第一个来到篮球场。两个多月后，这帮男孩子不仅不再调皮捣蛋，反而开始自主专注于学习，这样的转变离不开向县华的悉心教导。

作为男老师，跟男学生打成一片容易；对于女学生，向县华也能做到具体问题具体分析，从女学生的角度帮助她们养成好习惯。班里有几个女生爱打扮，心思不在学习上，但向县华发现她们也爱唱歌，就组织她们排练参加学校元旦晚会的节目。在向县华的带领下，这几个女生在学校元旦晚会上的表演大放异彩，节目获得了全校第一名。她们的集体荣誉感也被激发了出来，晚会结束之后，一起对向县华反思了之前的散漫行为，并且一致承诺今后一定好好学习。看到学生们都在慢慢改变，向县华知道自己的付出有了回报，心里非常欣慰。

在他的管理下，原本令人头疼的八（2）班发生了很大的变化，学习氛围浓厚，学生们都有着强烈的集体荣誉感。谁也没有想到，当初全校最头疼的班级在短短两年时间内获得了"县优秀班集体"的称号。

光鲜的成绩背后是向县华呕心沥血的付出，是他义无反顾带领学生们冲破自我界限，重获新生；是他由衷地将学生放在心上，不放弃、不抛弃任何一个学生，努力发掘他们身上的闪光点，为他们提供展现特长的土壤，最终让一棵棵稚嫩的小树苗茁壮成长为精壮的大树。

一张张鲜红的奖状，一摞摞沉甸甸的证书，一双双赞许的眼睛，一次次热烈的鼓掌，都在验证向县华的光辉战绩。在卢峰镇中学，他从一名普通的数学老师做到了教研组长、学科带头人、骨干教师、优秀教师，所取得的教学成果和光荣称号更是数不胜数。也是从这里开始，他接触到了学校的管理，慢慢由一名优秀教师成长为出色的管理者，职业生涯从此进入另一番天地。

从"老师"到"校长"

从小江口中学到卢峰镇中学，向县华的教育教学水平有了大幅度提升，在专注于教育教学之外他开始涉足学校管理，多年的教学工作让他对学校各项工作有了全面了解，但是管理毕竟不同于教学。他虚心学习管理理论，不断总结经验，在担任办公室主任期间，会议安排、来访接待、教师管理、各部门间的组织协调等工作，他都事无巨细地亲力亲为，只为将办公室工作做到尽善尽美。其间，他协助黄喜校长做了大量有利于卢峰镇中学发展的工作，学校先后被评为"市课改样板校""省合格制学校""省中小学教师培训基地校""全国教学质量先进单位"。

在卢峰镇中学工作的十多年间是向县华事业高速发展的时期，在这里他的教学事业勇攀高峰，在这里他迎来了职业生涯的拐点，在这里他有了更高更远的人生目标，在这里他沉淀出一套属于自己的教育管理模式。卢峰镇中学成为他下一职业阶段的起点，进来时他孑然一身，步履轻盈，出去时他已收获满满，沉稳有力。他成长了，成熟了，但不变的依旧是他对教育事业的赤诚深情。

2013年9月，因为工作出色，向县华被调到了城南学校，现改名为鹿鸣学校。到了鹿鸣学校，他担任分管教学、教研、课改的副校长。

那时的鹿鸣学校正处于改扩建时期，学校条件异常艰苦。作为分管领导，他勇挑重担，主动担任毕业班的数学教学任务，积极上公开课、示范课，将自己十几年来积累的教学经验倾囊相授，带领广大教师努力提高课堂教学效率。2017年九年级毕业会考时，从农村小学考入鹿鸣学校的黄超男同学获得了怀化市的第一名。她刚进学校时成绩并不突出，正是在以向县华为牵头人的鹿鸣学校的培养下，她取得了骄人成绩。向县华当时是班上的数学老师，课堂上他采用灵活的讲课方式，重点、难点反复讲；课堂外他不厌其烦地为学生们查漏补缺，答疑解惑。整个鹿鸣学校的教学质量快速提升，在先天条件落后的情况下，鹿鸣学校厚积薄发。

在教学管理方面，向县华首先注重提升自己的业务能力和管理水平，他先后到怀化四中、株洲市景弘中学、湘潭市枫叶中学等名校学习，并把名校的先进管理方式与鹿鸣学校的实际情况相结合，制定出一套适合鹿鸣学校的管理模式。他非常注重调动教师们的工作积极性，时常关注他们的工作状态，特别注重学校的特色发展。他通过制定科学的教学质量奖励方案，召开教学质量研讨会、师生座谈会，不断提升教师的教学质量。他还通过校本研训努力提高教师的专业能力和水平，通过完善教研组、备课组、课题研究等营造了良好的教研氛围。在学校承担的省、市、县教学研讨会上，学校教师杨必先、颜慧、肖勤慧、王渊等所上的展示课得到了各级专家的好评。

在做好教学管理工作的同时，他还积极指导学生参加社会实践活动，活动成果在湖南省中小学"弘扬生态文明　建设绿色湖南"主题教育活动中被湖南省教育厅评为一等奖。

在鹿鸣学校工作的四年半里,他所主管的教学质量稳步提升,2015年初中毕业会考合格率排全县第一名。学校先后被评为"县教研工作先进单位""市课改样板校""市绿色学校""省合格制学校"等。

在鹿鸣学校改扩建过程中,作为副校长的向县华任劳任怨,鞠躬尽瘁,使学校的校风校貌、教学质量等都有了非常显著的变化。对于他自己而言,意志得到了磨炼,管理方式日渐臻熟,刚过四十岁的他已经具备了成为一校之长的资质,他也做好了迎接更大的挑战和扛起更多责任的准备。2018年3月,向县华服从组织安排,毅然从县城来到祖师殿镇中心小学担任校长一职。刚来时学校正好在改扩建,没有校门,只有一栋教学楼,教室里的桌椅大多数都很破旧,学校的操场有一半黄土裸露,风一吹就是漫天尘土,一下雨就满地泥泞,几乎看不见其他绿色植物,这让他突然想到了自己曾就读的小学。向县华看在眼里,急在心里,暗暗下决心要让这里焕然一新。

是"贡献"也是"成就"

溆浦县处于湘西山区,县城之外的许多乡镇教育水平还比较落后。校园改造成了迫在眉睫的任务,向县华首先想到的是向教育局申请整改资金,可是需要教育资金的地方太多了,教育局只能先给条件更加艰苦的地方拨款。原来在向县华眼里已经算条件差的祖师殿镇中心小学竟然还算可以的,教育局里没有把资金拨付给他,学校整改就无从谈起,向县华一时陷入了惆怅。

尽管学校经费很紧张，向县华还是通过节省开支，先为学校教师会议室更换了桌椅，添置了音响设备，重新购置了学校的文化设施。

可要改造学校跑道，更换近500套学生课桌椅，确实没有其他办法。就在向县华因为资金问题一筹莫展时，祖师殿镇当地的一位企业家给他带来了希望。这位企业家叫侯运华，她丈夫刘登龙是祖师殿在深圳创业的企业家。一次，他回乡到祖师殿镇中心小学看望在那里读书的小侄女，看到了学校的办学条件，他们与向县华进行了一次长谈。他们觉得校长向县华有思想，有魄力，有教育情怀，工作非常务实，决定帮助学校筹集资金。

回到深圳后，刘登龙夫妇立马发动自己身边的人，捐款捐物，很快就将整改资金筹集到位，祖师殿镇中心小学的改造工作如火如荼地展开了。跑道重新亮化了，学生们坐上了新课桌椅，各种各样的花草树木种上了，文化长廊建起来了。特别在2020年9月全县议教会议以后，祖师殿镇的优秀儿女们慷慨解囊，为学校建设投入了大量资金，学校操场、跑道再次改造，全部铺上了悬浮地板和草坪，安装了饮水机，给教师住房配备了综合衣柜等。在短短的近三年时间里，祖师殿镇中心小学面貌已经发生了翻天覆地的变化。

学校办学条件的改善，教师们看在眼里，喜在心里。可向县华脸上看不到过多的笑容，他又想到了要加强对教师的技能培训，从而从根本上改变学校教学质量不佳的现状。因为特殊原因，学校近几年聘请了近50人次的代课教师，新进的教师工作经验不足，学校教学质量相对较差。所以，向县华鼓励教师们多看书、多学习，努力拼搏，不断提高自身的教学水平。他不遗余力地推荐、指导和鼓励教师们参加各类教学比赛活动。通过不断地努力，学校教师的教学水平提高了，教学成绩有了质的飞跃。

在生活中他关心教师们的衣食住行，定期给他们过生日，开展教师户外活动，组织工会成员看望生病教师和家庭有困难的教师，给青年教师的婚姻牵线搭桥等，让教师们在学校感受到了家庭般的温暖。

向县华还经常与学生们谈人生，谈理想，他希望这群活泼可爱的孩子不要拘泥于这个农村，积极帮助他们开阔眼界，树立正确的人生理想。在学校读书的孩子多为留守儿童，他就定期开放学校的电脑室，组织学生与家长视频通话。这一充满人情味的举措温暖了学生们和家长们的心。

他还会定期开展心理知识讲座，积极组织家访，为贫困学生募捐。学校还充分发挥少先队组织的作用，通过开展国旗下讲话、"感恩母亲与爱同行"、看望敬老院老人、参观向警予纪念馆等活动，加强对学生的思想教育，培养他们的优良品德。现在祖师殿镇中心小学的学生们行为文明，举止礼貌。

作为校长，向县华扛起了学校发展建设的重任，从大局出发，保证学校各方面建设稳步前进，从小处着手，将一个个棘手的大问题拆分成无数个小问题，各个击破。最终让祖师殿镇中心小学改头换面，生机勃勃。在向县华的办公桌上有十本厚厚的笔记本，他每天都将自己的工作详细记录下来。他说如果他离祖师殿镇中心小学，这是他唯一能带走的东西，他却给祖师殿镇中心小学留下了无穷无尽的精神财富。

教育是事业，事业的意义在于奉献；教育是科学，科学的价值在于求索；教育是艺术，艺术的生命在于创新。从决意以教育为事业开始，向县华就为此倾注了自己的全部心血，呕心沥血、兢兢业业地为他热爱的事业、挚爱的家乡校园、疼爱的学生奉献了自己的全部。作为教师的向县华刻苦钻研，奋发向上，爱岗敬业；作为管理者的向县华任劳任怨，开拓创新，融会贯通；作为校长的向县华高瞻远瞩，鞠躬尽瘁，心怀大爱。

付出总会有回报。2009年，向县华被评为溆浦县初中数学学科带头人，对全县初中数学教师开展学科指导；2011年3月，他代表溆浦县参加怀化市教学比赛，获得一等奖；2011年，他被评为"全国优秀教育管理者"；2012年9月，他被评为首届"怀化市初中数学教学名师"；2012年，他被推选为溆浦县"十二·五"教师培训教师；2014年，他被怀化市委评为"怀化市优秀专业技术骨干"；2019年、2020年，连续两年被评为"溆浦县优秀校长"。

向县华工作务实，开拓创新，先后评为"怀化市教学名师""怀化市优秀专业技术骨干"。2018年以来，连续四次被评为"县优秀校长""模范校长"，参加县校长论坛两次获前三名。学校先后被评为"县扶贫工作先进单位""学生防溺水工作先进单位""县工会工作先进单位""县德育工作先进单位""县教学质量优胜单位""县先进基层党组织""县绩效考核一等奖""县文明校园""县书香校园""市先进关工"等奖项。

2022年8月，向县华任溆浦县江维中学党支部书记、校长。2023年12月，他获评湖南省乡村好校长提名奖。2024年3月获评溆浦县名师名校长奖。现年四十出头的向县华身形挺拔，目光如炬，睿智沉稳。家乡给了他生命和事业，现在他要用他的见识、能力和精神反哺家乡，为家乡建设更加美丽和谐的校园而努力。中国乡村的基础教育正是因为有无数个像向县华这样默默耕耘的从业者而欣欣向荣，未来可期。

农民企业家向阳：
谱写"有志者事竟成"的动人乐章

◉ 湖南读书会

打工，他是优秀员工，是真情伙伴，满腔热情满怀温暖待人。

创业，他是无视风雨执着前行的勇士，默默坚持，终成优秀企业家。

他用心血与汗水、用坚韧不拔的拼搏精神谱写了"有志者事竟成"的动人乐章。

他叫向阳，溆浦县卢峰镇红星人，一位自主创业的农民企业家。

家乡创业

在大众创新、万众创业的时代热潮的引领下，一大批有梦想、有胆识的年轻人纷纷回乡创业。溆浦县卢峰镇红星村村民向阳就是这些有抱负有理想的佼佼者中的一员。

2009年，向阳回到家乡，利用得天独厚的山地资源发展高山养鸡、高山种植漫山油茶，一步步实现着致富的梦想。

一望无际的太阳坨高山上，地势陡峭，林深叶茂，视野开阔，空气清新。随处可见鸡群或在树下嬉戏，或在林间觅食，一只只毛色发亮，精神抖擞。漫山遍地的油茶树上白色扑鼻的茶花馨香缠绕，遍地芬芳。这是绿野种植养殖生态农业合作社向阳同志的杰作，这是向阳的绿野基地。

最近几年油茶产量一年比一年倍增。望着一片片翠绿而充满生机的油茶树，向阳脸上露出了幸福的微笑。

他告诉笔者，绿野公司的油茶树成活率很高，按照目前油茶的长势，几年后，他们夫妻俩种植的一百七十余亩油茶按如今的市场价估算最少也有八十余万元的收成。

2011年初，向阳向亲朋好友借了四十万元，在红星村承包了两百余亩荒山，引进湘林系列优质油茶苗栽种。他栽种了一百七十多亩油茶，发展了三十多亩杉树，还在山上放养了八千余只溆浦本地土鸡。

当时，向阳夫妻俩刚来到这块承包的土地上时，四处杂草丛生，十分荒凉。他们在山上搭建了一栋简易木板房，起早贪黑地开始了艰难的创业生活。

土鸡养殖

在创业过程中,向阳夫妻俩遇到了许多困难,特别是大规模地养殖溆浦本地鸡,预防瘟疫是关键,向阳自费到长沙学习防疫技术,业余时间他们夫妻二人也总是凑在一块儿看书学习,钻研养殖防疫技术。

向阳与妻子以愚公移山的精神和韧劲,在大山里挖出了一条两公里多长的山路,拉通了水电,并搭建了小木屋,还买了车方便销售运营。

为了提高养鸡的成活率,能日夜观察小鸡的动态,刚起步时他们在鸡窝里一睡就是半年。无论酷暑严寒,还是鸡棚里臭气熏天,他们全然不去理会,因为心中只有一个梦想:把一批批的鸡养大出笼。

梅花香自苦寒来!

如今他们已全面掌握了喂养溆浦本地土鸡的经验,在他们承包的山地上,成千上万只山鸡在山林间飞跃奔跑,在草丛里快活地觅食。

山鸡憩息于绿荫如盖的油茶树下。它们以农家生产的玉米、稻谷为主食,辅以草根、野虫,远离添加剂,远离饲料,远离污染,健康茁壮地成长在绿野上。

向阳没找政府申请补贴,仅靠自主创业。从整地、平土、栽种油茶,到全部采用环保的有机肥料以保证油茶的原生态,拉通进山的公路,都是他们夫妻俩兢兢业业干活,自费请工劳作,请挖机修路,可谓全身心地投入到了创业之中。

此外,向阳在油茶林下放养土鸡,还能减少油茶的病虫害,减少树下杂草的生长。这种放养的土鸡是纯天然的,口感好,吃起来特别香,能卖上好价格，收入非常可观。

山地一体化开发

一分耕耘，一分收获。

如今，向阳夫妻有了自己的绿野公司，现在规模较大，油茶三百多亩，山鸡两万余羽，效益初显。他们自己的公司已经成为当地的龙头企业，深受当地政府领导、同行与顾客的赞赏。

目前，绿野生态公司的山地开发，在向阳夫妻的积极努力下，在附近老百姓的积极参与下，正在如火如荼地进行着。我们相信在不久的将来，绿野生态公司所在的木砣山地凭着纯天然绿色茶叶、油茶与本地山鸡等绿色食品，以及优越的交通、星级现代农业示范区和旅游景区，一定会带领当地的农民走上共同富裕的康庄大道。

爱心企业家刘丛礼：
文以化人，是为上善

● 涉江红帆

  刘丛礼的名头不少，他是中国互联网新闻中心区域副主编，怀化市鸿创文化传媒有限公司总经理，溆浦县微爱雷锋青少年服务中心、溆浦县同心公益负责人。

  作为一家中央新闻门户网站的区域负责人，他算得上是一位资深的文化人；他还创办有自己的企业，可以称得上是一名儒雅的企业家；同时，他还是一家公益机构的负责人，经常为帮扶弱势群体而奔走。

文化与公益，是他的两个标签，也是他一生的两大闪光点。

梦想启航

"安得广厦千万间，大庇天下寒士俱欢颜。"这是唐朝著名诗人杜甫的诗歌，是本文主人翁刘丛礼最喜爱的诗，也是他内心最真实的写照，他一直为之奋斗着。

刘丛礼出生于湖南省溆浦县三江镇朱溪村，父母都是朴实善良的庄稼人，家乡的山山水水给了他坚韧顽强、吃苦耐劳的品质，他从小学习刻苦，成绩名列前茅。后来他考上了大学，走出了大山。

他从小心里就有一个梦想：让身边的人都幸福。他发奋努力，日夜拼搏，终于有了自己的公司——怀化市鸿创文化传媒有限公司，并经营得红红火火。因为他文笔好，责任心强，被聘为中国互联网新闻中心、中央新闻门户网站区域副主编，深受大家的赞赏和喜爱，于是事业有成的刘丛礼决定把自己投身到公益事业之中。

情牵弱势

"采得百花成蜜后，为谁辛苦为谁甜？"

刘丛礼是2014年加入溆浦县志愿者协会的资深会员，又是一名利用业余时间长期从事新闻采编工作的媒体人，两重"身份"的交集，促使他开始思考志愿服务在现代社会中的角色定位与实践创新，也使他可以利用新兴媒体大力宣传志愿服务、歌颂志愿者精神。为了收集资料、进行报道，他经常通宵达旦地写稿、审稿、编稿、发稿，付出了常人难以想象的艰辛、时间和精力。

多年的志愿者生涯，他累计从事志愿服务时间长达一万多小时，帮助过的贫困儿童、老弱病残、抗战老兵等有三百多人；他提供的志愿用车次数和时间也是最多的，每次去走访慰问需要车辆，他总是第一个报名。协会每年评选"最佳爱心车辆"，大家总是一致推选他为第一名。

作为溆浦志愿者协会的一员，刘丛礼以认真负责、恪尽职守、善于团结带领志友们一道开展工作，受到了志友们的称赞。虽然是媒体人，他却不爱多说话，特别是不喜欢说空话和大话，总是默默努力做好每一项志愿服务工作，为志愿者们做出样子，用行动做出表率。按照协会理事分工，他负责联系该县的三江镇。

他每一年都开展为贫困学生和家庭送温暖活动，积极参加"一助一""多助一"活动。该县三江镇的孩子刘某霖、刘某峰等从小学三年级开始到现在，都是刘丛礼积极牵线搭桥，寻找爱心人士资助，来回奔波把爱心米、面、油及生活用品送到贫困孩子们家中。他每年要去三江镇敬老院两三次，看望五保老人，了解老人的生活起居及身体状况，帮助老人打扫卫生和整理房间。

文以化人

"天行健,君子以自强不息;地势坤,君子以厚德载物。"

刘丛礼心系公益事业,总是冲向困难第一线。他是一位闲不住的人,总想为志愿服务做点什么。2020年新冠病毒感染期间,在全民开启"宅家"模式的时候,他与严清霞等志友加入涂料厂临时党支部,和团队伙伴们坚守在基层抗疫岗位上四十多天,每天负责值守在户外帐篷中,给社区居民测量体温、进行抗击疫情宣传,白天执勤,晚上写稿,每晚都加班到凌晨一两点。疫情好转后开始复工复产了,他们又组织志友为复工复产工人免费理发,让大家精神抖擞地上班。

2020年6月,刘丛礼积极对接雷锋青少年志愿服务项目,组建了雷锋青少年志愿服务团队,积极组织雷锋青少年参加文明劝导、环保、关爱老人等各种社会实践活动,为志愿者队伍培养了一大批新生力量,给社区和学校、家长和孩子们留下了深刻印象。

在刘丛礼看来,志愿者就是奉献者。他总是说:"我不能做什么大事,只想做一些有意义的小事。"多年来,他就是这样为志愿者事业默默负重前行,并且已经下定决心坚持坚守,直到此生终了。

"见不得别人受苦"是刘丛礼的价值观,与雷锋"把有限的生命投入到无限的为人民服务之中去"一脉相承。按照中国传统文化的说法,他的思想和行为叫作"善"。老子说:"上善若水"——最完美的人格像水;"水善利万物而不争"——最完美的人格是尽其所能贡献自己帮助他人,却不图报。

"有一种生活,只有经历过,你才知道其中的艰辛;有一种艰辛,只有体会过,你才知道其中的快乐;有一种快乐,只有坚持过,你才知道其中的纯美。"这是刘丛礼对志愿者人生独特的诠释,也是他的幸福密码。

18岁爱心志愿者洪海琪：
以责任和担当书写青春华章

● 飞花如雪

洪海琪是中国人民大学附属中学高三的学生。

高三，那是全国学子都在争分夺秒、伏案苦读的时期，而洪海琪却把他宝贵的课余时间让出了极大一部分献给了公益事业。

爱心飞扬的少年

洪海琪刚满十八岁，但他走上公益之路已有八年时间了。她从2012年开

始参加各项志愿者活动，八年时间累计服务三千五百小时，被评为北京市海淀区四星级志愿者。

从小学开始，洪海琪就在妈妈的带领下参加各项公益活动，经常利用周末、节假日及闲暇时间参加全市、全国及国际志愿服务活动。她参加过的志愿服务项目包括：首都博物馆志愿讲解服务、前门大栅栏旅游咨询志愿服务、献血车志愿服务、国庆70周年城市志愿服务、同心战"疫"社区志愿服务、一对一助学帮扶项目、"温暖冬衣"项目、为视障人群进行图书电子扫描校对志愿服务、爱心飞扬义卖活动并将义卖所得款项全部捐赠给了中国SOS儿童村。她还多次利用假期去河北乡村看望孤寡老人和留守儿童，到河北、山西等小学参加支教活动，以及参加国内外义工项目等。寒暑假里，她到四川省雅安碧峰峡基地参加中国大熊猫保护项目，到青海湖参加生态环境保护义工项目，还作为国际义工到泰国清迈参加大象保育项目。

2018年10月起，洪海琪开始参加"天使的翅膀"和"小天使展翼计划"月捐项目，每个月用自己的零用钱帮助那些病患儿童，获得了北京天使妈妈慈善基金会和青苗基金会颁发的荣誉证书。后来又参加了北京青少年社团发展促进中心发起的"社会力量助力脱贫攻坚挂牌督战"，对新疆和田地区墨玉县喀尔赛镇布拉克村进行一对一助学帮扶项目，捐助新疆贫困大学生，并向布拉克村村级文化图书馆捐赠图书。

2020年新冠病毒感染来袭，洪海琪和表姐主动请缨，报名参加同心战"疫"社区志愿服务活动，在社区出入口与物业公司保安、居委会工作人员一起站岗执勤,为小区出入人员测量体温,检查出入证,积极投身社区疫情防控工作。在得知姐妹俩坚守社区值守的事情后,她所居住的荣华街道在公众号上专门刊发了《00后"姐妹花"社区防疫战线上并蒂绽芳华》的文章,同时北京经济技术开发区的《亦城时报》也对姐妹俩的志愿服务进行了报道。她和姐姐的实际行动为打赢这场疫情防控阻击战贡献了一分力量。

独特的人生体验

除了人们经常说的"奉献爱心,帮助他人"之外,洪海琪认为"志愿活动"本身也是一个故事集。每一个项目背后都藏着一段故事,而通过这些故事她体会到了别样的人生。志愿活动就像一个短期的"人生体验",以它独有的方式,不断刷新着自己的认知。

华园二里社区"分小萌"垃圾分类志愿指导员队伍组建活动启动后,正处于暑期生活的洪海琪和姐姐便让家人帮忙报了名,正式成为队伍中的姐妹花。洪海琪不仅在垃圾桶前值守,还录制了垃圾分类的讲解视频,宣传垃圾分类知识,在生活中积极倡导垃圾分类的绿色环保理念。因为在垃圾分类工作中的突出表现,她和姐姐的事迹在"学习强国"平台上进行了报道。

到自闭症康复中心进行融合关爱活动时,洪海琪认识到自闭症的外在表现形式并不只是平日我们想象的拒绝一切与外界的沟通,他们是受伤的天使,只是偶尔会被突变的情绪所干扰,更多时候他们的天真活泼、乐观自勉让她深受感染。

一次偶然的机会，洪海琪来到河北乡村看望那里的孤寡老人和留守儿童。令海琪感到震撼的不仅是当地的生活之贫困，更是他们在贫困中对待生活的态度。走进一位刚刚脱贫的爷爷家中，尽管家徒四壁，但他面带笑容不停地向志愿者们讲述自己生活中那些值得欣喜的小事——他沉浸在自己"改造木屋"的成就感之中，他也真的很享受现在的生活。每走进一户人家，或听到或看到不同的人生与故事，都仿佛是为她打开世界的另一扇门，让她看到了与自己生活截然不同的画面，看到了困境之中依然乐观向上的阳光心态。

参加志愿活动，让洪海琪在付出爱心的同时，收获了更多的人生体验，受到了更多正能量感染。爱心助人，不仅仅是"赠人玫瑰，手有余香"，在洪海琪看来，更是"以爱互联，彼此照亮"。

青春的色彩是奉献

爱心奉献精神已经深深扎根在洪海琪心里，融入了她的生活中。

生活中，她就像小太阳，不断温暖身边的人。考完试，她会独自留下把教室打扫得一尘不染；家长会前，她会默默布置好会场，贴心地为家长们买来矿泉水；同学过生日，她会挤出时间亲手给小伙伴们制作生日蛋糕；每一个特殊的日子，她会以自己独特的方式向每一位老师表达爱意与感恩……所有接触过她的人，都会被她的温暖细致和胸襟格局所吸引——她心里，装着更多人。

她深知，志愿活动不仅仅是一两个人的行为，更需要全社会的共同关注与参与。为了让身边更多同学参与到志愿服务中，洪海琪在高中阶段创建了高一（2）班志愿服务队和高二（1）班志愿服务队，多次带领同学们参加志愿活动。

2018年和2019年，她组织同学们参加"温暖冬衣"爱心捐衣活动，得到了班主任、同学们和家长们的大力支持，累计捐赠棉衣百余件，并获得共青团北京市海淀区委员会颁发的荣誉证书。她还发起了"传递书香情系甘肃"爱心捐书活动，帮助那些渴望在书本中寻找实现梦想途径的山区小伙伴。在她的积极带动下，同学们累计捐赠课外阅读书籍达222本。

洪海琪是首都无偿献血志愿者，疫情期间仍然坚持到西单、王府井等献血车服务点，宣传义务献血，辅助献血者填写表格，在献血车上对献血者进行关爱服务。当看到很多爱心人士是每年固定参与献血的，每一位献血者都怀有一颗热忱之心，海琪钦佩于他们的爱心行动，更在心底萌发了一个强烈的愿望。2020年11月14日，洪海琪在妈妈和表姐的陪同下，从学校专程请假赶到了王府井丹耀大厦献血点。当温暖的血液缓缓流淌时，海琪憧憬着被挽救的生命，"我一直想让18岁生日能更有意义，无偿献血就是一件非常光荣且有意义的事情。我想我以后还会继续献血，继续做公益，为社会多做贡献！"

青春之美，美在责任，美在担当。18岁的爱心志愿者洪海琪，用自己的热血和无私心灵书写着青春最美的华章。我们相信，她的热血青春刚刚展开序幕，未来的诗篇一定会更加绚丽夺目。

国家一级导演赵东旭：
演艺人生五彩斑斓

● 涉江红帆

1995年沈阳《翰墨缘》晚会进入倒计时，赵东旭还有一个双簧节目《学书法》的表演，可是他突然因心前区梗死被送进了医院，医生严厉嘱咐他必须卧床休息，配合治疗，可赵导竟然离开了医院，出现在晚会现场，坚持把晚会进行到底。

若干年后的一天，在赴山东演出的列车上，那位主治医生看见了赵导，开口说第一句话是："您还活着……"

赵东旭是著名社会活动家、策划

家、国家一级导演，他热爱艺术，热爱舞台，组织的晚会以公益为多。在艺海里扬帆，他不问收获，用五十多年奉献绘织成了一段色彩斑斓的演艺人生。退休后，赵老也同样活跃在舞台上，先后组织过慰问中央军旅文工团、燕城第一监狱、天津敬老院、玉田嫁馨养老院等多个活动，也开展了金华暖冬活动，苏州江阴孝道晚会……

台前的精彩纷呈人们都能看到，但赵导为之的坚持和付出却鲜为人知，只有赵导的夫人偶尔会笑着抱怨说："每一次负责大型晚会赵导都会大病一场，晚会的导演费根本不用交回家，交医院的治疗费还不够呢。"

在我们熟悉的影视剧里，赵导曾参演过多部影视剧，其中大家耳熟能详的有电影《如血黄昏》（出演大管家阿三）和《甲午陆战》（出演总督徐邦道），以及电视剧《努尔哈赤》（出演皇太极）和《少年法庭》（出演大律师），同时都还在这些影视剧里担任了制片人。2009年，赵导拍摄《男人选择》《淡淡墨荷香》《脑瓜子让驴踢了》等微电影，用扣人心弦的故事展现了人间真情无处不在，也弘扬了至善至美的中华传统美德，微电影画面精美，具有浓郁的人文情怀。这一年，赵导荣获了中国影视策划艺术成就奖。

如今，古稀之年的赵导一如既往地乐于助人，他宽厚而豁达，是快乐的也是富有的，只要走近他，自然就会成为他的朋友。赵导更是一位充满正能量的人，他导演过的大型活动很多，包括中国明星演唱会、辽宁鸡年大吉大型文艺晚会、辽宁营口春节晚会、中央心连心盖州行大型文艺晚会、"月是故乡明"中外名人联谊会、名人明星慰问北京武警部队大型演出,以及话剧《少年法庭》300场巡回演出……数十台大型活动中,大部分活动还是赵导义务参与,第十五个"世界精神卫生日",赵东旭被授予了"爱心大使"称号。

如今,赵导仍在支持爱华文化传媒的活动,不遗余力地弘扬红色文化。

从2012至今,赵导还与晚霞网、北京东方晓鸣玉文化公司、北京九州晟韵文化传媒有限公司等共同举办了多台孝心春晚节目。特别是2016年的孝心春晚,赵导为给参加晚会的老人们制作孝心酒,冒着严寒亲自去辽宁抚顺定制孝心酒,从酒瓶的设计到酒的选定都亲力亲为。赵导选的是用槐花制作的红高粱酒,在东北有个传说,谁家生女儿就在院内种一棵槐树,槐花可以酿酒,也可以酿蜜,意为孝心反哺。

东北的年关是最冷的,赵导当时已年近70岁,可为了孝心酒,他奔波于北京和抚顺之间,为了赶时间,路过沈阳老家时都没有停留。赵导从不把晚会的制作费和个人的收入看得有多重要,他在意的是节目质量和演出效果。在他心中,戏比天大。这是他人生的座右铭,他常常用这句话教育弟子和家人。他高举着孝行天下的旗帜,履行着自己对孝举的承诺,特别是逢年过节之际,赵导总会惦念那些养老院的老人,组织慰问活动。

当时去天津养老院慰问,赵导就选在了大年初二。他说,有儿子的大年三十就会接老人回家过年,如果初二还在养老院,说明女儿也没来接,那我们就去看望他们。这一行动得到了中国女子书画院在京书画家的响应,得到了艺术家萧宽老师的支持,在玉田养老院里,《西游记》中如来佛祖的扮演者、《地道战》中高传宝的扮演者朱龙广老师都参加了慰问艺术家团队，为老人们即兴表演，挥毫泼墨……

在赵东旭老导演身上，我们能看到艺术的魅力，能读懂"奉献的幸福"，也为他永不停歇"追求梦想"的精神而感到无上崇敬。

公益律师文籍：
追梦路上，与爱同行

◐ 守 望

文籍是湖南常德人，从小受在军校任教授的父亲影响，有着非常强烈的社会责任感与家国情怀，实习期间他便立下愿望说，将来"要做一半挣钱的案子，一半公益的案子"，成为一名公益律师，为弱势群体寻求公平正义。

深有情怀的创业之路

在校期间，文籍成绩一直非常优秀，在班上与年级都是名列前茅，是一

堆堆奖状串起了他快乐无忧的童年与少年，在高考时也顺利考取一所重点大学。文籍从小热爱阅读，大学期间还组织创办两百多名会员的读书会，每周都会举办一次阅读讨论会，将活动做得有声有色，得到学校的大力支持和同学们的喜爱。

文籍的自我要求是坚持、坚韧、坚强，无论遇到多大压力，无论环境如何恶劣都要坚持不懈，做一个有理想、有抱负、有社会担当，也有荣誉感的人，他的座右铭是只有顽强拼搏的人，终会收获满满。

以优异的成绩大学毕业后，文籍没有按父母的心愿考公务员，而是考取了律师资格证，并进入律所工作，多年以来出色地处理了许多案子，也为不少留守儿童与老人等弱势群体处理法律事务，伸张正义。文籍在家乡的口碑极好，大家都说："有冤案找文籍，花钱少，成功率高。"

2016年，文籍怀揣激情来到了省城长沙，希望在不同的平台上学习到更多的知识，接触更多更复杂的案例。

刚到长沙，当时就有两家单位在跟他沟通，一个律师事务所是对口处理银行相关业务，有20万元的保底年薪收入。另一个律师事务所月薪则只有3000元，但负责人老杨却是一位有丰富经验的司法人员。两份薪水完全不同的工作摆在了文籍面前，文籍觉得自己与有经验的老杨不谋而合，都有着一样的家国情怀，对回报社会有着满腔热血。

文籍有闯劲，骨子里不惧风险。创业初期，文籍一心扑在工作上，他通宵达旦地研究卷宗，虚心向老杨学习，很快就与老杨成了忘年交，并飞快地在长沙的律师领域脱颖而出。

两年之后，文籍与老杨商定之后，选择自己独立带一个团队创业，他要归零成绩，一切从头开始。

自己的律师事务所成立了，但万事开头难，从场地到团队人员他都得亲力亲为，于是他把全部心思都投进了刚刚起步的事业上，夜以继日，三餐难顾，更不要说陪伴家人。他每天都在思考，要如何把律所的硬件软件全方位提高，如何带出一个优秀的律师团队，让大家都具有法务的理性与从业的激情，如何更好地服务于用户，创立律所的知名度和美誉度。

律师事务所刚成立，客户寥寥无几，但随着文籍团队的坚持和努力，律所的客户也越来越多了……文籍律师事务所也在省城长沙得到了社会认可，来事务所请求法律援助的人络绎不绝。

不忘初心的公益人

随着执业年限与经验渐长，文籍认识到专业、社会分工、促进经济发展，才能对国家整体与社会发展有更直接的贡献。于是将律师事务所的服务方向转向了专为企业提供法律服务，并另外成立专注于商务与管理的湖南商管律师事务所。从此，文籍的日程表上就没有了时间空当，他经常披星戴月穿梭于广州与长沙之间，负责管理和指导两地的工作，事务所的事业由此蒸蒸日上。

文籍的办案足迹涵盖多个省份的十几个城市，但多数还是集中在广州与长沙。十多年时间，各类法律意见、辩护意见、诉状、案件分析等法律文书及工作文书以及办案笔记和随笔，文字输入了数十万字，他不断总结经验，有的放矢，稳步发展。通过数年积累，律所现有正式执业律师16人，加上实习律师与其他工作人员共30人左右。文籍全程参与办理的刑事和民事诉讼案件也有近百件，另还处理了百余件免费咨询和帮助的公益案件。

文籍曾承担某地区一半以上法律援助案件，办理的相关援助案件得到了多家媒体的采访和报道。因为用心负责每一件事情，至今文籍依然清楚地记得每一个案件的情节和当事人，特别是为极限直播中摔亡的吴永宁案付出了许多心血。

吴永宁父亲早逝，母亲是残疾人，为了赡养母亲，他以直播多种危险极限运动为业，并用在平台获得的打赏为母亲在村子里修好了住宅，后来在一次徒手攀楼中不幸摔亡。当时，吴永宁与女友订婚还不到一个月。在悲剧发生后，其母与未婚妻求助无门，最后在派出所的引荐下，交由文籍律师团队成员李铁华律师提供法律帮助，律师团队依法帮她们向涉事大楼及各直播平台申请赔偿。其中绝大多数单位均在律师介入后予以赔偿，对拒绝赔偿的平台，文籍律师团队远赴北京与其打了两场官司，平台败诉后依法支付了赔偿款。

此案中，吴永宁的母亲最后共获得数十万元赔偿款，晚年生活也就有了保障，而文籍则免收了律师费用，由律所承担了所有费用开支。这次的"极限永宁直播摔亡案"法律援助案，使文籍得到了同行以及社会的深深赞赏，也得到了央视记者的专访。撒贝宁在《今日说法》中说，文籍团队开创了一个法律上的新境地，就是公共场所对所有人应该尽到安全义务。

许许多多的客户带着痛苦和迷茫而来，然后能满怀希望地离开，他们眼睛里亮起的光芒像萤火虫一样也许并不张扬，可参与法律援助的公益人越来越多了，得到帮助的人也越来越多，萤火虫便也能很多很多，那汇聚起来的光芒同样是耀眼的，这光束同样可以穿透黑暗，驱散阴霾。

在奉献中品味幸福

文籍崇拜那些有理想、有家国情怀的人，他最喜欢读毛主席诗词，特别爱"恰同学少年，风华正茂；书生意气，挥斥方遒"，在军校任职的父亲也是他从小到大的榜样。父亲教化学，二十多年来可谓桃李满天下，还曾多次参加尖端武器的试验和研究，是方籍最崇拜的人。

家中藏书近万册，从小到大，从当学生到当律师，从专业书籍到文学作品，文籍在学习和工作之余都以读书为快乐，他知识渊博，有不少书还会买来多个版本对比阅读，并留下批注，在他的微信读书里已经留下了上万条笔记……

文籍因家庭的熏陶，经常参加各种捐款活动，也特别乐于助人，他能从中得到满满的开心和幸福的感觉，现在有了自己的事业，能帮到的人就更多了，他经常组织团队一起阅读和学习，也带领团队为未成年人提供法律援助，为困难学子捐资助学。他说，孩子们才是我们社会明天的样子，理应好好培养他们。

有三个留守儿童就是从法律援助之后又被文籍捐资助学的，其中一个小女孩叫心心，是石门县南北镇人，她的母亲聋哑父亲智障，心心遭遇性侵后自杀未遂休学在家。文籍及时给心心提供了法律援助，又帮她联系到了新学校，并多次专程上门给心心做心理辅导，捐钱捐物累计五万元以上。文籍还联系了部分爱心企业共同帮扶心心，其事曾被新闻媒体报道。

石门县维新镇的婷婷是单亲家庭，她失学回家后，被文籍接到了长沙市望城区某职业中专上学，毕业后又送她进入湖南财经工业职业技术学院读大专。一个叫林林的小男孩也是如此得到了文籍的爱心帮助，让他有机会好好读书，学到了一门手艺……

金秋时节，笔者驱车前去采访的时候，一身休闲装的文籍律师在办公室接待了我们，他年轻的脸上带着儒雅的微笑，这是他展现在法庭辩护之外的状态，是对社会对他人充满了热情与温暖的一面，满满都是灿烂的阳光。

他，满怀家国，洒向人间都是爱。

作家张晓实：
用文字和爱谱写人生乐章

● 朱梦斯

因为热爱生活，他无怨无悔地为家人、为社会奉献着爱心；因为热爱工作，他任怨任劳、兢兢业业地扎根工作岗位；因为热爱文学，他努力刻苦，潜心学习，用文字展现出国家强大、社会美好、人间真善美，催人奋发。他就是作家、资深媒体人张晓实。

家庭的文化熏陶

张晓实1963年9月出生在北京的一

个知识分子家庭，父母曾经都是教师，他是在有着文学基因的家庭里出生的。

童年时期，张晓实先由外祖母抚养，后来外祖母病故，5岁时他就跟随父母到北京远郊区的通州教书的学校一起生活。当时物资短缺，家庭生活非常困难，经常穿不暖吃不饱。一次，父亲去幼儿园接他去祖父家，当时是冬天，天气非常寒冷，张晓实脚上却还穿着单薄的布鞋，他冷得直打哆嗦。父亲怕他受冻，于是和幼儿园老师商量，找了一双和张晓实鞋号一样的幼儿园孩子的棉鞋，暂时换上了。由于买不起衣服，母亲常常把自家大人穿过的旧衣服改小给张晓实穿。至今母亲还珍藏着那台缝纫机，那是属于那个时代的珍贵记忆。

少年时期，是一个人人格的塑成期。小学三年级张晓实曾借读在北京西城区一所学校。当时这所小学是政府指定的试点小学，校领导要求每个班每天写一首儿歌，写得好的儿歌登载在学校大门口墙上的黑板上。一次张晓实发现他写的儿歌被登载在黑板上，走进班里看着同班同学羡慕的眼光，他心里感到很激动，从此对诗歌产生了兴趣。

他特别酷爱读书，他是班级里小人书最多的学生，同学都愿意找他借书看。《红岩》《刘胡兰》《钢铁是怎样炼成的》《鸡毛信》《多瑙河之波》《铁道游击队》《红色娘子军》《海港》，这些书籍的内容他至今记忆犹新。文学的种子在那时就深植于张晓实的身体里。

在学校，张晓实还是一个热爱体育的少年，放学后他每天都要去踢一场足球。有时人手不够，一些学生家长也会参与进来一起踢。他父亲也是一个体育爱好者，当时正值壮年，有时也会参加学生们的比赛。为了参加比赛，张晓实经常要训练到很晚才回家，母亲很不满意，对他说："都几点了，还吃不吃饭了？"而他听到母亲不满的唠叨也只是不好意思地挠挠头，他觉得为了热爱的东西"牺牲"一两餐饭是值得的。

严父的言传身教

20世纪80年代，张晓实的父母从通州调回北京市里工作，当时家中老少三辈住在北京朝阳区一间20平方米临街的房子里。房子太小，全家五口人住在一起，只能用家具隔起来，家里除了三张床、一对沙发、一个写字台、两个大衣柜，什么都放不下。这时张晓实已经长大成人，家里的局促让他心里也变得局促起来。

嘈杂、贫穷的家却丝毫没有影响他父亲的心境。那时候，父亲除了在大学讲课外，业余还给报刊撰稿，家中只有一张写字台，他们全家除了祖父不用外，都要分时段使用这张书桌。那时候父亲在现在的首都师范大学主讲现当代文学，他的课很受当时的学生们欢迎，有时学生们还会来家里拜访父亲，父亲为了空出房子招待学生，经常让他和弟弟到街上或者去找同学玩。

父亲的朋友来拜访他，体谅他的难处，在家门外的路边说上几句话就匆匆而别。母亲看着这破旧的家心生不满，抱怨父亲，父亲也只是宽慰母亲。张晓实看到父亲如此豁达，不拘小节地对待苦难的生活，心里的局促也慢慢解开来。眼前的只是一时的困顿，而这样的困顿并不能成为自己退缩的理由。

在张晓实的印象中，父亲总是严肃认真，严于律己，对他也很严格。当时还没有电脑，写东西全靠手写。父亲有时忙不过来，就让张晓实帮他抄书。有一次，张晓实给他抄写一本中国现当代诗集，抄完了，父亲一看并不满意，说他的一位同学字写得好，让他找这位同学重新抄写。父亲的严格让张晓实无地自容，也让他暗暗下决心要以父亲为榜样做到更好。

严厉的父亲在文学创作上取得了成绩也愿意与家人分享。一次，父亲兴冲冲回到家说，他在《诗刊》发表的艾青的诗《大堰河我的保姆》评论受到艾老的赏识。父亲对他说："艾老说几十年来张同吾评论艾青这首诗是最好的。"后来父亲写艾老的评论被选入全国（人教版）高一语文课本。因为有一个文学造诣极高的父亲，对自己更加严格的张晓实有时创作了新作品也不敢给父母亲看，怕自己的水平达不到父母的期盼，让他们失望。但是在后来的文学创作中他也更加努力了。

潜心于文学创作

文学创作从来不是一件简单的事情，文学输出需要有大量的文学积累。张晓实刚开始写作，给《北京晚报》投稿，多次被报社编辑打回来。二十多年前《北京晚报》在北京非常受欢迎，几乎每家每户都会订阅，能够在《北京晚报》发表文章在那个时代来说就是一种肯定，是一件非常令人骄傲的事情。

张晓实经过坚持不懈地努力，于1983年1月10日在《北京晚报》发表了小诗《街头热浪》。诗歌发表之后就在单位引起了热议，同事们也纷纷祝贺他。诗歌发表之后他获得了五块钱的稿费，他拿着稿费请全家人吃了一顿涮羊肉。饭桌上父亲对他说做得好，即使是他也没有在《北京晚报》上发表过文章。他终于获得了父亲的认可，他觉得自己的付出终于有了一点回报。这次小小的成就也让张晓实的创作热情更加高涨了。

张晓实年轻时在文学创作的道路上走过一些弯路，他认为文学创作来源于生活，只要生活阅历丰富就可以创作出好的文学作品，在大专毕业之后他放弃了继续升至本科深造的机会。他信誓旦旦地对父亲说："高尔基、王蒙、刘绍棠、邵燕祥、浩然、柯岩等著名作家没有高学历，也创造了惊世的文学作品。"后来在文学创作上遇到的一系列困难和现实的敲打让他幡然醒悟，让他意识到自己当时的想法是多么幼稚。然而，世上没有后悔药，过去的事情无法改变，张晓实知道只有更加刻苦才能弥补自己在学历上的不足。

在文学创作中张晓实从来都没有过丝毫懈怠，灵感来了就算是半夜也会从床上起来拿笔记录下来；有时候还会因为创作结果不尽如人意而辗转反侧。他随身带着笔记本和钢笔，看到优美的句子就会马上记录下来，他为了创作出令自己满意的作品，总是字斟句酌地对作品进行反复打磨。

文学创作是一个人的修行，是一场没有尽头的苦行，付出和回报往往不成正比，一日不训练、一时的松懈都会让创作者的水平退步。在文学创作的道路上，张晓实日复一日、年复一年从未停下手里的笔，即便是在无人欣赏的日子里，他也不曾灰心，从未停止过创作。

投身于工作岗位

在工作中,他勤奋、谦虚、好学,刚做审读工作,没人教,只能自学,一步一步在实践中增长经验,有不懂的问题就向老师们请教。征程正未有穷期,不用扬鞭自奋蹄,虽然他不是记者,但始终关注着国内外的新闻,以提高自己的专业素养。比如,他撰写的《个性化住宅向我们走来》荣获全国报协好新闻三等奖,《不能只重包装》荣获中国改革报社好新闻三等奖。此外,他还发表了散文、诗歌、随笔等近百篇,并配有朗诵音频。对于这些成绩,他都淡然处之。可能有的人不理解,说别太累了,劝他别写了,写也没有用,能给你多少钱。他心里有时也觉得不痛快,不理解,难道业余写作犯法了吗?但他没有放弃自己手中的笔。

1984年,他到中华全国总工会的《中国工运》杂志社发行部工作,(当时发行部由全总兴盛印刷厂管)当时部门没有几个人,领导要求他要尽快熟悉业务。当时《中国工运》在全国发行,除港澳台地区没有发行外,覆盖了所有国内城市。要熟悉这些城市实属不易。于是他每天下班后,要翻阅邮局发行的邮编本,对每个省、市、县的地名都要了如指掌。通过一段时间的刻苦努力,他终于能够胜任此项工作了。邮寄刊物要地址准确,速记要准确认真,不得有误,否则对方就收不到刊物了,会给杂志带来不良影响。他记得当时不知用完了多少圆珠笔。他负责的读者刊物都能准时收到,很少有延期现象发生。

杂志社为了节约经费,对北京当地的单位,一般都是上门送杂志。

但当时市面上汽车不多，只能用自行车或由人背着杂志去送。有时领导安排他去几家单位送杂志，他就背着几斤重的书包挨家走。无论春夏秋冬、严寒酷暑，都行走在北京的大街小巷。有时遇到订杂志的单位搬迁，他还得打听对方单位的新地址，怕延误了人们领会工会指示的精神。几年下来他瘦了一大圈。有时他把杂志交到对方单位人员的手里，看到对方的笑脸，就忘记了累，感到十分欣慰。有时对方看他走得满头大汗，请他喝水，他都会谢绝。如今二十多年过去了，一次他回到原单位，见到过去单位的同事，大家仍然能记得他的名字。这让他很感动，老同事成了老朋友，同志之间的情谊真是永生难忘。

1994年他经过考试，来到刚创刊的《中国改革报》工作，他被分配到群工通联部，负责和记者站联络和做读者版的工作。当时这个部门只有他和一位女同志，每天除了报社开会，还要联系各个报社记者站的情况，一天接无数个电话，很晚才休息。一次，有一位内蒙古的同志到报社上访，他说家里房屋因为被邻居抢占，无处申诉。

张晓实耐心地说服他，一边听他复述情况，一边给他做工作，请这位同志到报社吃午餐，直到这位上访同志满意为止。甘苦寸心知，在报社创刊读者版工作时也遇到不少困难，于是他和同行参考《人民日报》读者版，学习他们的先进经验，并向一些名家约稿。

几十年来，他兢兢业业、勤勤恳恳在平凡的岗位上工作，特别是在中国改革报社发展困难时，能伸出双手，敢于挑重担，服从领导的安排，上级交办的事都能按时完成，为报社贡献自己的一切，受到了领导的器重。

2013年中国改革报社整改，对原有部门进行重新调配，他被分配到总编室负责审读工作。这对于他来说是一项新的工作，因为他以前从没有接触过，当时心里也产生过畏难情绪。首先审读工作很累，还要承担很大责任，从宏观到微观，党的政策方针、字词语句、标点符号……像一个杂货铺，包罗万象，每篇文章的体裁和风格，都要了如指掌。几年下来，他审读过的版面，没有出现过重大错误。有时他经常加班到深夜四五点钟，第二天还要继续上班，但他从没有过任何怨言。他经常早出晚归，披星戴月，风雨无阻。

家和才能万事兴

张晓实是一个孝子，2015年5月份父亲病重，住进了北京东方医院。由于医院的伙食不适合父亲食用，每天他就在上班前给父亲做好饭送去。迎着炎炎夏日骑着自行车从潘家园到方庄，虽然路程不短，但他从没有耽误过父亲用餐。有时父亲在医院让他买酱菜和圆珠笔笔芯，告诉他要什么样的，哪里的笔芯最好用有，他就按照父亲的要求跑很多家商场，直到父亲满意为止。父亲生前对他批评多，夸奖少。在父亲住院能进食期间，他做了父亲爱吃的罗宋汤，父亲笑容满面，赞不绝口。父亲说："就是牛肉稍微硬了一点，其他都好！"

在父亲逝世后不久，母亲一个人怕寂寞住进了一家养老院。每次母亲从养老院回到家中，他都会陪伴母亲，嘘寒问暖，问母亲需要买什么东西。由于母亲年老体弱，每次到各个医院取药，他都主动承担下来，做到了儿子应尽的义务。

在家中,张晓实是好男人、好丈夫。由于妻子上班地点离家远,为了减轻妻子的生活负担,他就主动承担起了家庭的重担,比如买菜、做饭、打扫卫生等等,他都一肩挑。

张晓实还是一位好父亲。儿子小时候,他每天都要送儿子上学,每个周末他还要骑自行车驮着儿子到少年宫学画画。一分耕耘,一分收获,功夫不负有心人,儿子也争气,拿到了全国少儿绘画比赛二等奖。看来好的习惯是一点一滴养成的。

为公益倾满腔热情

他热心公益事业,积极扶贫救困。2015年8月8日,父亲张同吾逝世,遵照父亲生前的遗嘱,他把父亲珍藏的四千多册图书和书桌、书柜等物品,无偿捐献给了父亲老家河北省乐亭县图书馆。

2018年10月,在北京某社区组织的向非洲灾民捐物的活动中,他捐出了家里的两大包衣物,尽到了一份心意。

2010年上海世博会成功举办,张晓实在上海世博会看到中国馆的宏伟建筑和里面珍藏的《清明上河图》等动漫画幅,更感到自己祖国的伟大。于是他从上海回到北京的家中,写了诗歌《世博园》,发表在《人民日报》副刊上,表达了对祖国的热爱,倾注了一颗赤子之心。

2020年1月25日,大年三十,他正在弟弟家吃团圆饭,听说武汉暴发疫情,从弟弟家赶回到自己家中。当时全国人民都在观看《春节联欢晚会》，他无暇顾及，不顾劳累连夜撰写了《支援武汉就是护佑全国》一文，2月1日在湖南读书会文学微刊网刊发表。他觉得自己作为一个共产党员，在祖国最需要的时候，一定要站出来，用实际行动贡献一份力量。

他还创作了《拯救家园》《你像阳光在我心里照耀》《时间是最好的答案》等作品。还积极参加国家发改委和中国改革报社的活动，在刊物《诗苑》上发表了多首抗疫诗歌，受到了一致好评。

多年来，他始终秉持做一个正直的人，有一颗充满爱的心，善作善为，洒下一缕阳光，谱写出了一曲美妙的人生乐章。

爱心志愿者严清霞：
"我奉献我快乐"

● 叶 华

"最美红马甲""最美巾帼志愿者""老兵贴心人""湖南好人""优秀三八红旗手"——严清霞身上的标签很多，同时，她还是溆浦县同心公益志愿者服务中心负责人、溆浦县微爱青少年服务中心发起人，先后担任溆浦县警予乐园园长、溆浦县应急局理事、怀化志愿者协会理事、溆浦新阶层人士联合会理事、雷锋青少年项目负责人、溆浦大病救助微互助站站长。

爱心托起生命之舟

1970年，严清霞出生在湘西溆浦的一个小山村。那里土地贫瘠，经济落后，人们缺衣少食，生活非常艰苦。小清霞因为家里条件非常拮据，吃不饱，穿不暖，没有上完初中就不得不含泪辍学了。她起早贪黑帮助父母干力所能及的农活，小小年纪就养成了吃苦耐劳、顽强执着的品行。

后来，严清霞参加县里矿业局的招工考试，顺利通过，成为一位工人。她积极肯干，善良正直，常为他人所想，因而深受领导与同事们的赞颂，赢得了一份好人缘。

但是矿产企业好景不长，严清霞成了一名下岗职工。但是她没有被打倒，为了生计，无论风霜雪雨，还是炎炎酷暑，她四处奔波……就像一朵含苞待放的红梅一样，隐忍修炼，等待着属于自己的春天。

一个偶然的机会，她进入了溆浦志愿者协会，从此走上了公益之路，也开启了自己生命里的最美春天。

当地许多年轻夫妻外出务工，孩子则成了留守儿童。大多数留守儿童由祖辈照顾，父母监护教育角色的缺失，给留守儿童的健康成长造成了不良影响，隔代教育问题在留守儿童群体中表现得最为突出。父母外出打工后，与孩子聚少离多，沟通也少，远远达不到作为监护人的角色要求，而占绝对大比例的隔代教育又有诸多不尽如人意的地方，这种状况容易导致留守儿童"亲情饥渴"。这一切，严清霞看在眼里，急在心里。

2016年7月，在部分志友支持下，她发起成立了溆浦县微爱青少年服务中心，目的就是打造一个平台，把许许多多关心青少年的微薄之力汇聚在一起，让微爱汇聚成大爱。

严清霞与志友们一道，针对本地的实际情况，把服务重点放在事实孤儿、留守儿童这一特殊群体上，筹资开办了警予乐园、留守儿童之家，全力为留守儿童、事实孤儿和贫困学子服务，寒暑假免费辅导留守儿童功课，开展丰富多彩的兴趣爱好活动。

"微爱不是摆花架子，任何事情我都要自己带头。"严清霞既是指挥员，又是服务员，出发时走在最前面，回来时走在最后面，带领一群志愿者把服务中心的工作做得风生水起。

她说："自己不带头，别人怎么信服你？我们微爱中心的原则就是不摆花架子，提倡默默奉献。"学校开学了，他们办周末班；寒暑假期间，他们办夏令营、冬令营，免费辅导功课及教授书法、绘画、古筝、葫芦丝、手工制作等。孩子们在服务中心不仅拓宽了视野，丰富了生活，还学到了许多知识。

2019年暑期，微爱青少年服务中心开办的第一期夏令营接受的是两丫坪山区的留守儿童。为了办好微爱青少年服务中心，严清霞到处联络，邀请热心公益的教师、文艺工作者、医务工作者、在校大学生等各行各业的人士前来授课或服务，开展研学活动，着力丰富活动内容，增强辅导效果。

严清霞和志愿者一道当"爱心妈妈"，陪孩子们吃、住，倾听他们的心声，耐心启发和引导，进行心理安抚和疏导。孩子们学到了知识，得到了关爱，结交了朋友，转变了性格。这些来自偏僻、落后山区的孩子真真切切地感受到了社会的无私关爱，把警予乐园、留守儿童之家当成了自己的家。

几年来，严清霞带领一群志愿者有计划、成规模地对事实孤儿、留守儿童开展关爱活动。他们把源源不断的"微爱"铸成造福青少年、回报社会的大爱。四年来已有一千多名留守儿童、贫困儿童、事实孤儿受益，通过他们牵线搭桥，各方爱心人士资助中小学贫困学生一百多人，目前已有二十多人考上大学。

"只想为公益事业做点实实在在的事。"谈起自己投身公益事业的初衷，严清霞如是说。

她在腾讯公益发起"警予乐园霞霞团队"，有七百余人参与了"溆浦事实孤儿帮扶""陪伴周末不孤独"等公益募集活动。她不怕苦，不怕累，不知疲倦地为孩子们奔走，到过全县二十多个乡镇的一百多个村，把关爱送给了很多留守儿童。仅2019年，严清霞就上门走访了二百多户，核实、看望事实孤儿、留守儿童，落实"一对一帮扶"等事项，踏踏实实、真心实意把好事办实，把实事办好。

袁小琦是一个有很多问题的留守儿童，厌学、偏激，不思进取，得过且过。冰冻三尺非一日之寒，为了有效地教育她、感化她，严清霞陪伴这个孩子竟长达一年。孩子的变化一波三折，在困难时刻，她不断告诫自己：不放弃，不抛弃，是一个志愿者永远的底线。面对孩子，一个教育者脸上要露出笑容，心里要满怀敬畏，灵魂深处要透着高贵，要给予更多的心灵关注，努力触及将来的生命。

如何对小琦进行有效教育？严清霞结合实际情况，想了很多办法，用爱心去温暖小琦荒芜的内心：经常和她进行心理沟通，坚持和她谈心，为的是给她以精神濡染，把美好的种子撒播在她的心灵中。她还同其他志愿者一起和小琦做朋友，处处关心小琦，让小琦感受到遇到的都是极好的朋友，相处非常融洽，学业和生活受到很好地照顾。这一切，让小琦时常心怀感激……

点点滴滴，润物细无声。看着小琦从当初的那个不听话，甚至在别人眼里不懂事、不爱学习的小女孩，逐渐成长为既听话懂事，又讲礼貌、肯学习的好女孩，严清霞感到很是欣慰。同时，这也让她觉得这一年的陪伴是值得的，公益这条路，更有成就感。

"投身公益事业，就不要怕吃亏。"志友们都说，为了办好微爱中心，严清霞几乎忘记了自己的小家。是的，严清霞常挂在嘴边的话就是"做公益就不要怕吃亏。"微爱中心、警予乐园、留守儿童之家、同心公益办起来了，每天都有做不完的事，这里就是她的大家。她觉得愧对家人，但为了大家，她有时不得不舍弃小家。

为了管理好这些平台，组织好每一次的活动，营造良好的活动氛围，严清霞操尽了心，自己家里事，她几乎撒手不管了，一心扑在事业上。端午节、中秋节和春节是千家万户合家团聚的时候，却正是严清霞和志友们最忙的时候，好在家里人都理解她、支持她，丈夫默默地包揽了家务，让她无后顾之忧。

严清霞为了公益，还经常自掏腰包，日常活动中需要花钱的都是她自己垫上。办警予乐园，她自己掏钱置办课桌凳子、学习用具。

在三江镇朱溪学校，她给五个贫困儿童每人买了一套新衣服新鞋、两双新袜子和新书包和电话手表。2019年6月，溆浦遭受特大洪灾，警予乐园被淹，严清霞家也被淹了。但她顾不得家里，一直坚守在警予乐园，组织转移教学用品，力争减少损失。洪水退后，又立即清洗场地，自掏腰包添补教学用具，及时恢复教学秩序。

2021年3月，严清霞又创办了溆浦县同心公益志愿者服务中心，主要服务留守儿童、青少年、孤寡老人等群体，爱心活动做得有声有色，深得大家的赞赏。

严清霞虽然付出了很多，但是看到留守孩子们如春花般烂漫的笑脸，满身疲倦的她，无比欣慰，幸福满满。

善行织就美丽人生

"自信人生二百年，会当水击三千里。"

严清霞热爱公益事业，身体力行，带动周围人广泛开展各类公益慈善活动。几年来，她不仅心系儿童，也情系老人，带着警予乐园、同心公益等志友及孩子们走进该县油洋、三江等地慰问孤寡老人，看望抗战老兵，给老人们过生日，和老人们一起过重阳，给老兵们包饺子、送新衣、表演文艺节目。

她们还积极参加县有关部门组织的"三城同创"、交通执勤、爱护母亲河、禁毒宣传等活动。总之，哪里需要志愿服务，她就奔向哪里。

作为一名下岗女工，也曾为生活奔波忙碌，严清霞深深体会过困境中的人是多么渴望温暖和帮助。她对自己曾经得到过的帮助铭感于心，暗下决心要以实实在在的行动回馈社会，帮助他人。她本就是一个乐于助人的人，即使自己不宽裕，也经常做一些力所能及的公益活动。

2020年注定是不平凡的一年，新春佳节来临之际，新冠病毒感染突然爆发，严重影响了人们的正常生活。

秉持着"我是一颗螺丝钉"的精神，哪里需要就去哪里，严清霞逆行而上，勇挑重责，"舍小家为大家"，用执着和坚守谱写出一首首防疫赞歌。她加入涂料厂临时党支部，每天负责值守，排查登记，巡逻，站岗，测量体温，做得一丝不苟。

看似一个个简单的任务，对于严峻的疫情形势来说，无疑就是泰山压顶。截至目前，她负责值勤的小区没有出现一例感染人员和亲密接触人员。那些日子，她身着"红马甲"，和团队伙伴们坚守在基层抗疫一线岗位上六十多天，积极引导民众正确认识新冠病毒感染，严格遵守抗疫规定，不信谣，不传谣，以另外一种工作方式为抗击疫情这场阻击战贡献着自己的力量。

在严清霞的影响下，许多志友踊跃报名参加了新隆社区、李家坡廉租房、碧桂园等社区的抗疫阻击战，到处活跃着"红马甲"坚毅的身影。她还通过自身的人脉圈，找社会爱心人士和爱心商家赞助了1500余个口罩，一一送到坚守一线的工作人员手中。她还自己出资购买了200个口罩，免费发放给市民；还购买了100个医用口罩，捐赠给环卫工人。她还发动亲友募集到2000多个口罩，在火车站、汽车站等地免费发放。疫情好转后开始复工复产了，她又主动联系理发师给复工复产的工人免费理发。

在疫情面前，每一位志愿者都是一面旗帜，一件件红马甲就是逆行者的战服。她们坚定信念，守护人民群众的健康，得到了各社区群众的频频点赞。

2020年5月，在怀化市委统战部、市文明办、市卫生健康委员会、市民政局、市扶贫开发办、市医疗保障局的支持下，严清霞参与组建轻松筹溆浦微爱互助站并担任负责人，她带领团队短短四十余天就筹集资金59万元左右，及时帮助了39位大病患者。

"多为社会做贡献，是我的荣幸！"严清霞是这么说的，也是这么做的。

微爱中心的重点是关爱青少年，但是严清霞心里装的是社会公益，只要是对社会有益的、有利于发展大局的，她从不袖手旁观。她以个人行动影响着大家，越来越多人参加到这个队伍中来，她在偏僻的山区播撒着希望的种子，遍地开出了灿烂之花。

该中心及其开办的警予乐园、留守儿童之家、同心公益等全力为留守儿童、事实孤儿和贫困学子服务，走访核实事实孤儿、留守儿童上百户。她个人到外连接资源助学43人，资金超过10万元，发起活动200多场，志愿时间达到3000多个小时。四年来，已有1000多名留守儿童、贫困儿童、事实孤儿受益，资助中小学贫困学生、事实孤儿100多人，助力20多人考上了大学。

2020年5月，严清霞负责"雷锋青少年"志愿服务队项目，到2021年为止已有两千多名学生成为志愿者。每逢周末、寒暑假，霞霞团队就带领他们开展"文明劝导"等丰富多彩的活动，"拒绝网瘾，远离手机"，

"雷锋青少年"通过直接参与社会公益，学习和掌握了一定的服务社会的知识和技能，帮助学生树立了正确的价值观，塑造了良好的人格和品质。同时还走进校园开展"珍爱生命，青春无毒"、关爱青少年禁毒宣传主题活动。这一活动，提升了"雷锋青少年"对新型毒品的认识，进一步增强了他们的自我保护意识。

同心公益"雷锋青少年"还参与了"保护母亲河"的活动，其中三个项目在全国获得一等奖。严清霞还从怀化引进"村居公益人"项目，为乡下人与周边的残疾人、大病患者等弱势群体服务，帮他们卖农副产品，为他们生病时筹集住院费等，曾为大病贫困家庭筹款将近四百二十多万元，深得大家的称赞。

严清霞以火热的爱心践行着"我奉献我快乐"的志愿精神，努力用"干一行爱一行，把志愿工作做好、做细、做活"的标准严格要求自己，认真做好每一项志愿工作。2019年、2020年连续两年被评为溆浦县"最美志愿者"和"优秀志愿者"，2019年被评为年度"老兵贴心人"，2020年获得县妇联"优秀三八红旗手""湖南好人"等荣誉称号。

企业家黄国强：
新时代的追梦人

● ◐ 守 望

　　1979年8月，黄国强出生于湖南溆浦的一个小山村。他的父亲是县药材公司的职工，母亲是善良踏实的庄稼人，父母勤劳质朴，工作任劳任怨，兢兢业业。

　　现在，黄国强是溆浦千金大药房董事长，还是湖南读书会怀化活动基地负责人。

努力，梦想会开花

　　黄国强家是半边户，家里挣工分的

人少，吃饭的人多，天天都是红薯萝卜饭还经常吃不饱，幼年黄国强的梦想就是能吃一餐饱饭，最好还有一点肉。因此，他总是盼着父亲在月末回家时能买一点肉和辣椒汤回来。

在贫穷的生活中，黄国强养成了坚毅的性格，帮家里干农活也是一把好手，后来跟着父亲到县城读书，更是刻苦学习，品学兼优。

在学校，黄国强是老师的左右手，经常帮着辅导其他同学学习，班集体有什么事情他都是一马当先，深得老师与同学们的赞扬。初中毕业那年，怀化市药材公司招工，他以优异的成绩通过招工考试，成了一名工作人员，那年他还不到17岁。

黄国强顺利地通过了怀化市药材公司入职人员培训，被分配到离家三百里的靖州，在乡镇的一个药材公司工作。初入职场的黄国强对工作一丝不苟，虚心向前辈学习，他泡在单位药店，通宵达旦地工作和学习，只求把事情做得更好一点，更完美一点。口袋里有一百多元工资，但他保持勤俭的作风，一天他就吃两顿饭，把更多的精力和钱都投入到不断地学习当中，他不怕苦不怕累，在工作中多有创新。

工作一段时间之后，看到黄国强严谨的工作态度与脚踏实地的工作作风，同事们赞叹不已。后来，黄国强又被单位调往通道侗族自治县的乡镇工作。

在一次就医后去药店购药时，黄国强发现当时药品和医疗器械管理松散，各类药品的价格和品质不一，既无法给病人提供必要的保障，也给病人带来了诸多不便。因此他萌生了自己开创一个为民、便民、诚信药店的想法。

梦想是一粒种子，需要坚持不懈用奋斗来浇灌。黄国强是一位勇于开拓的追梦者，一粒梦想的种子在他心中发芽了，一个愿望在他心里蠢蠢而动，使他心中小火苗灼灼燃烧——要出去奋斗，要改变贫穷的面貌。

功夫不负有心人

黄国强停薪留职下海经商，那年才25岁。他跑到长沙等地学习取经，四处借款筹集资金，东奔西走办理开公司所需的各种证照。

2003年，黄国强加盟创办了千金大药房第一所药店，主要从事药品和医疗器械销售经营，药房开在家门口，最大程度地给居民们提供方便。

药是救命的物品，来不得一点马虎。黄国强始终坚持严把质量关口。为把好药品质量关，他建立了严格的药品进货检验及销售台账制度，对所有药品的供应商进行严格审核，包括索证索票，了解供应商企业资质及信誉情况等，自己也亲自验货、收货，每货必查，每查必清，决不允许一件问题药品进入店中，以确保顾客的生命安全。

黄国强总是将所有商品的信息，如商品的批号、生产日期、保质期等汇录入销售台账，使每件商品都有据可查，从根本上避免了过期和劣质药品的流入。对于代煎中药服务，更是细致入微，效仿食品留样，建立中药煎制留样制度，给每份代煎制的中药都派发全程责任跟踪追索卡片，确保消费者放心。

"病友一张张健康幸福的笑靥就是我最大的欣慰。"黄国强总是一脸灿烂地对大家说。

诚信经营，企业不断发展和提升，培养了大批人才和骨干，解决了就业，为健康事业和寻医购药、解除病痛做出了巨大贡献，赢得了人民群众的好评和赞扬。

功夫不负有心人！

黄国强公司挂满了锦旗与感谢牌匾，以及一封封感谢信，见证了他的出色与优秀。

黄国强二十年坚持投身打造健康事业、无偿给消费者提供血糖、血压等检测，主动纳税，积极奉献爱心。

2003年以来他先后创办五家千金大药房，主要从事药品和医疗器械销售经营。近二十年来，企业一直是老百姓心中"消费者信得过单位""放心消费场所""诚实守信单位""诚信经营示范店"等荣誉称号。他在经营中时刻秉承诚信经营，急百姓之所急，想百姓之所想，一天24小时提供优质服务，兑现贵一赔二的承诺。

他还不断加强员工素质培养，每年多次邀请专家授课或送学，以重金奖励、职称补贴等形式，鼓励员工参加各种业务学习和执业职称考试，企业中已有本科生6名，各种执业职称20余名。

作为董事长的黄国强，从不发号施令，他对中层领导与员工关怀备至，亦师亦友，极具亲和力。黄国强先生在员工与顾客心目中，不仅仅是领导，更是良师益友。

他对员工关爱有加，总时刻想方设法帮员工解压，凝聚人心。他每年都要带员工去春游、去美丽景点聚餐，我们倍感温馨……"随他一起创业的负责人笑着说。

二十多年坚持兑现承诺，黄国强在经营中秉承以诚信、求实，真诚对待每一位顾客——所有商品明码标价，让利于消费者。24小时电话畅通，24小时售药窗，是溆水河畔最闪烁的"长明灯"。2元一张的血糖试纸提供给患者免费测试几百人次，每月耗资近千元，20年来累计支出近30万元。又出资3万元购进全自动血压测试仪器，以便群众更好地使用。

二十年来，黄国强也坚持与团队共同提升，与员工一起成长，在注重业务能力的同时，他还非常注重职业道德素质的培养，微信群分享处事心灵鸡汤、发送生日祝福及礼品、组织户外旅游、时时处处关心爱护、友善诚待员工，以身作则，打造了一支业务素质过硬，诚实守信经营的企业团队。目前他的员工最高职称达执业医师，大多数员工在店工作时间超过十七年。

"千锤万凿出深山，烈火焚烧若等闲。"黄国强以自己磊落的襟怀和崇高的人格，带领他的团队，披荆斩棘，不畏艰难，朝着自己的梦想不断攀升，终于硕果累累。

饮水思源

黄国强积极作为，时刻不忘回馈社会，关爱弱势群体，体恤员工，口碑极好。他确立的"真情回报社会，造就行业精品"经营理念，可见一斑。

二十年坚持奉献爱心。"能帮助到别人我觉得也是一件很快乐的事情。"这是黄国强的口头禅,也是他爱心行动的源泉。

如今,黄国强是湖南读书会怀化分会的副会长,溆浦志愿者协会与溆浦同心公益的会员,他业余带领文化志愿者推崇国学,读好书,做好人。他还积极投入到关爱弱势群体的爱心浪潮中……成了一道最美最靓丽的风景。

2020年春节前夕,新冠病毒突然偷袭,在疫情防控的关键时刻,他临危不惧、面戴口罩,全副武装,冲在一线现场,亲自把关,为疫情抗击工作团队开辟了一个安全的港湾。

黄国强同志在工作会上给大家鼓劲说:"不管是站在企业的角度还是个人角度,此刻我们都应跟我们的祖国站在一起,困难是暂时的,只要我们上下一心,胜利终将属于我们……"

疫情期间,当时口罩等防疫物品非常匮乏,黄国强主动捐献口罩、酒精等抗疫物品,价值2万元,还亲自送到孤寡老人与弱势群体家中,老人们感动得热泪盈眶。他还在小区群里发通知,让大家来免费测血压,免费来领取口罩与酒精等防疫物品,温暖左邻右舍。

黄国强还利用业余时间经常捐款、购买爱心物品去慰问抗战老兵、留守老人、山区孩子,给他们捐资捐物,还用心做心理辅导……深得大家的喜爱。

"能得到大家的信赖是我的荣幸。"黄国强说,"人要学会饮水思源,我本身就是出生农村,小时候家庭条件很差,现在有能力了,自然是要回馈社会的,能'为人民服务'是我的光荣。"

中学教师肖艳云：
活成一束美丽的光

●○ 守　望

"对每一位老人善良，对每一位孩子微笑……让微笑灿烂成春！"

这是肖艳云最喜欢的阳光诗句，也是一面镜子，辉映着她一生的追求。

肖艳云出生于湖南溆浦一个普通的农民家庭，从小学到大学，她一直都很积极上进，关心班集体工作，经常帮助后进的同学，她多次被评为三好学生与优秀班干部。大学期间，她还积极参加学校社团组织的各项活动，品学兼优。

梦想的种子萌发得很早。肖艳云从

小就特别尊敬学校的各位老师，每逢过年过节都会去拜访慰问任课老师，与恩师们畅谈人生。肖艳云觉得当老师是件幸福和光荣的事，她暗暗想着，将来自己也要当老师，教书育人，受人尊崇。

本科毕业后，英语专业毕业的肖艳云担任了舒溶溪乡中学任英语教师兼班主任。由于当时学校缺地理老师，学校又安排了她教两个班的地理课。英语课她信手拈来，但地理课教学却是从零开始……她只得利用业余时间一边刻苦自学，一边认真教给学生。一年下来，肖艳云所教的课目都在校名列前茅。

当班主任要以身作则，肖艳云想方设法调动学生的学习积极性，提高学生的成绩，又要关心他们的安全与思想等问题。肖艳云经常以校为家，虚心向有经验的老师请教，还向书本学习。

有一次，她班上有两个男生打架，其中一个学生翻围墙跑出了学校。肖艳云知道后，心急如焚，不顾自己还在发烧，就急匆匆地到学校周围寻找。天黑了，她的手被划出血了，裙子也被荆棘划破了，但她都没有意识到。她心里只希望赶紧找到学生，学生一切平安。经过一番辛苦，她终于在学校不远处一户人家的围墙后找到了学生，柔声细语把学生劝回学校，她又与家长约定共同管理，并抽出课余时间辅导该学生功课。后来，这名同学在他的帮助下考取了重点高中，而后又考取了重点大学。

在舒溶溪乡中学工作的三年时间里，肖艳云任教班级的学生英语成绩一直都名列前茅，她被评为校级优秀教师。她所带的2013级乙班，其中有三名学生考上了2016年溆浦县教育局公费师范生。

2016年9月，肖艳云调到水东镇中学担任2016级七（4）班英语教师兼班主任，所指导的学生戴玉珍荣获2016年全国中学生英语能力竞赛七年级组二等奖，她也荣获优秀指导教师奖。2018年，肖艳云通过溆浦县教育局组织的城区选调考试，来到卢峰镇中学担任英语教学工作，她也照样将自己的全部精力奉献给了自己的学生。

安安是一名孤儿，跟着70岁的祖婆生活。肖艳云每次都会手把手地告诉她为人处世的方法，纠正她不好的行为习惯。这孩子懂事，在肖艳云的指导下一直品学兼优。

丽丽的父母外出打工。肖艳云对她关爱有加，告诉她应该怎样做才能让父母安心在外工作，还经常督促她的学习，使得她的成绩进步非常大。

每逢这些特殊情况的孩子过生日，她都会在班级给他们组织集体生日会，让这些孩子感受到班级的温暖，感受到集体的关爱。

肖艳云心里装着每一个学生，对于每位学生的个性特征了然于心。因此，她的每一段学生评语都会仔细推敲，力求准确，绝不重复，而且打了草稿。肖艳云爱学生的舐犊之情，向来是由衷的。在她看来，无论是聪颖还是愚钝，任何一个学生都是花季少年，都该一视同仁。

肖艳云对本职工作兢兢业业，一丝不苟；在闲暇的工作之余，她也非常热心于公益事业。

她从小心地善良，在小学与初中时就经常辅导成绩后进的同学，深受同学的赞赏。工作后也参加各类公益活动，给山区留守儿童捐赠励志书籍与书包等学习用品。自2019年投身湖南读书会公益活动以来，作为湖南读书会文学微刊理事，肖艳云利用业余时间忙着许多幕后工作，多少次在下班后拖着疲惫的身体为湖南读书会签约小作家们作品留言，转发和鼓励，把湖南读书会采访榜样人物的音频转化为文字资料。肖艳云为湖南读书会两部榜样人物书籍的出版付出了许多心血。

  肖艳云用真爱和真心编织花环，她感恩于父老乡亲和恩师的哺育，也回馈无限温暖于社会，成为三湘大地上那一束美丽的光。

溆浦一中副校长侯勇：
教育是爱的艺术

● ○ 向　往

"一生心血育桃李，三尺讲台写春秋。"

1985年7月，分配至溆浦一中从事高中化学课教学。

1996年9月，任溆浦一中教务处主任。

2005年8月至今，任溆浦一中副校长兼副书记，主管教学教研工作。

三十多年来，侯勇从一位腼腆青涩的教师成长为省示范性高中的副校长、副书记，将一批批学子培育成为建设祖

国的脊梁。

播撒爱的种子

在任教的十多年里，侯勇一直担任高三毕业班的班主任兼化学老师，所教班级学生成绩一直名列全县第一，一批又一批品学兼优的学生分别考上了重点大学，成为富国强民新时代的建设者。

教育是传授知识的事业，也是爱的事业。"理解、欣赏并关注每位学生"是侯勇教育生涯恪守的基本原则。他对学生尊重理解、宽容呵护，眼里能够容得下沙子；学生的点滴闪光，他都能悉心发现，倾情欣赏，由衷赞美。

有学生与任课老师闹别扭逃了学，侯勇苦口婆心地劝导老师端正教学态度，又冒着雨雪去山区学生回校上课。该学生因家境情况不能继续读书，在侯勇的耐心说服与经济帮助下，终于让该学生顺利完成了高中学业，考入了大学。

现已在省城大学任教的姜翔，每年都会探望侯勇，他说自己在高中时贪玩，学习不刻苦，是侯老师经常帮着辅导功课，找他谈心，给他做心理辅导，使他自信，催他奋进，最终实现了理想，成为一个对社会有用的人。

学生没有高低贵贱、优良顽劣之分。对学生中的"弱势者"，侯勇每每会给予更多的关爱，他认为，当学生翻不过陡峭山崖、蹚不过激流险滩时，老师绝对应该扶着他们一路同行，携手走过。在侯勇的鼓励和帮助下，一个个困窘的学生走进大学，走出了新的人生，在各个不同的岗位上大展风采。

"桃李不言，下自成蹊。"一个对学生充满爱心的老师，自然会得到学生的尊敬和爱戴。如今，侯勇的学生无论是普通劳动者、政府官员、社会名流，还是身居海外的学者、专家，都爱戴着他。这是对他辛勤耕耘的最大回报，也是他一生最大的幸福。

践行爱的艺术

工作三十五年以来，侯勇始终站在教学第一线，践行"要为学生一生负责，为教育负责"的教学理念，深入班级、学生以及学生的家庭，了解学生疾苦，嘘寒问暖，真正帮助解决学生实际问题。

他参与期末批卷工作，实时掌握学生的学习情况；积极参加学科教研，听课评课，指导青年教师；带头承包帮扶家境困难的学生，捐款捐物，和学生谈心，在物质上和精神上激励学生。还设立了"一角钱捐款箱"，号召大家聚沙成塔，都来献出一份爱。学生们都喜欢这位和蔼可亲的老师，老师们都欣赏这位低调、谦虚、勇于奉献与担当的领导。

侯勇在几十年的化学教学中探索出了一条成功的教学经验，通过各种比赛引导学生亲自动手做化学实验，让学生对枯燥无味的化学产生了浓厚的兴趣，把苦变成乐。许多学生参加全国化学比赛都获了奖，化学成绩也在高考中名列前茅。

侯勇认为"教学与管理是一门艺术"，他将人文关怀看作是对学生的终身教育，他将激发学生的内驱力作为教育的首要环节。作为领导，他对教师实施人性化管理，他认真全面了解各位教师的优势和困难，有的放矢地发挥他们的优势，并对他们进行帮助。他善于掌握时机，善于捕捉细节，善于因势机变，这一切都需要作为教师与领导的智慧。他的一生都在追求教师、同事、学生、环境、载体之间达成"默契"的教育与管理的最高境界。

散发爱的芬芳

近十年，溆浦一中共有21名同学考入北京大学、清华大学。学校教研活动有声有色，成效显著，也基本形成了人人搞科研、组组有课题的喜人局面，被确定为怀化市基础教育重点科研课题单位。学生潜能得到充分挖掘，素质教育硕果累累。学校先后获得湖南省、怀化市有关部门授予的"优秀考点""双文明单位""德育工作先进单位""高中教育教学质量综合评估优胜单位""教育教学突出贡献单位""安全文明校园"等多个荣誉称号。《人民日报》等媒体也分别对溆浦县第一中学的办学成果做了报道。

……

这一串串闪光、芬芳的文字，是一篇篇优美动听的乐章，是溆浦一中全体师生用汗水铸就的辉煌。

老年作家魏乃昌：
执着的筑梦人

● 涉江红帆

　　魏乃昌于1943年出生在湖南衡山，他的童年是在桂阳县度过的。这里虽偏僻落后，但有山有水，给他的儿时添了不少欢乐：与小伙伴们在春天钻竹林扯小笋，上树摘桑叶养蚕；在夏天下池塘戏水摘莲；在秋天去果园偷梨摘橘子；在冬天踏雪用弹弓上山打鸟；为了买图书，他还到处捡拾打捞废铜烂铁卖钱……

　　天性便热爱阅读，小小年纪的魏乃昌也期盼自己能够用文字把许多有趣的

事亲手记录下来，入学后认识了许多字，那些童年趣事果然也都成了他写作的源泉，《童年趣事》《下馆子》《买书梦》《扯竹笋》《下雪了》等多篇散文，都充满了童趣，深受大家的喜爱。

童年的梦想之花，是无比艳丽而美好的。如今，80多岁的老年作家魏乃昌走在筑梦的路上，更加坚定而执著。

爱生活，爱创作

1957年，初中毕业的魏乃昌进了桂阳县卫生科办的卫生学校学习。进校不久他就赶上了"大跃进"，卫校没日没夜运送木炭炼钢铁。接着他又跟随医生到乡村宣传防治脑膜炎，挨村挨户开展血丝虫病普查。回到卫校上人体解剖学课没有骨骼标本，他与几个同学又想方设法各种寻找……这段卫校经历后来就成了他的《卫校忆旧》。

在卫校只上了一年，魏乃昌通过努力终于考上了梦寐以求的高中，于是从卫校退学来到了长沙。当时国家正在"过苦日子"，魏乃昌也因营养不良症而患上了水肿病，但他笔耕不辍，据此写了《不能忘却的日子》，用亲身经历详细记录了那段艰难岁月。

参加工作之后，魏乃昌被分配在水产批发部仓库加工鱼虾，每天与一群大嫂大妈坐在小板凳上，把采购回来的盐干鱼按品种分别分选出"三等九级"。遇上天气晴好，就用板车把返潮的干鱼运到湘江河床翻晒，傍晚再拖回仓库。板车很重，从河床往道路上拖的时候非常用力，他的身体朝前拽得几乎挨着了地面，像极了长江三峡岸边的纤夫。可尽管工作如此单调艰苦，魏乃昌依然用文字记录下了这些生活，写下了《春天的风》《师傅有支笔》《宣传窗前》《怒火燃烧》《我们的朋友遍天下》等文章。业余时间他还参加了《长沙晚报》举办的新闻写作班和市文化馆举办的戏剧创作班的学习。之后随领导去洪湖采购鱼虾，他也将这些经历写成散文《轻舟洪湖行》，发表后得到了很好的反响。

1964年夏季，长沙市出了一件轰动性新闻：女青年打破世俗，拿起屠刀杀猪，解决了屠宰行业后继无人的问题。"杀猪姑娘"经媒体报道，很快在全省引起了巨大反响领导让长沙市肉食水产公司用文艺的形式大力宣扬这件事，于是，公司党委抽调魏乃昌负责写剧本《杀猪姑娘》并最终获得了剧本创作一等奖。

勤奋的人也有额外的收获，写剧本的魏乃昌结识了一个女孩，俩人经过三年恋爱，于1968年结为秦晋之好。

1970年，魏乃昌调入肉食加工厂工作，先后在加工车间、屠宰车间、罐头车间、机修车间当工人。尽管白天工作非常劳累，但是他业余时间仍然喜爱写作，为厂里写了花鼓戏《五斤鸡蛋》，反映一位劳动模范先进事迹，为首都北京赶制香肠也写成了花鼓戏《试车》，反映改进服务态度的相声《语言艺术》，还创作了长沙评弹《赤子之歌》歌颂张志新烈士，以及反映外运牲畜艰难的散文《押运》等。

他当了工会专干后，不负众望，在全厂各车间、宿舍开通了有线小广播，购置图书开设了阅览室，组织了男女篮球队。这都是建厂以来从未有过的新鲜事，他把这段人生经历写成了小说《工会专干》。

有梦想，有追求

1980年，魏乃昌调入长沙市商业技工学校，揭开了他的人生新篇章。

前三年，技校按照计划经济模式进行统一招生和分配，招生非常火爆。在1984年国家对用工制度进行了改革后，技工学校招生开始走下坡路。每到招生时节，学校教职员工全体总动员，每个人都下达了招生任务。魏乃昌以技校招生难的情形创作成了小说《招生》。

也就是1984年，任教务主任的魏乃昌接到一份通知和报名表：湖南省教育学院（现与湖南师大合并）面向在职教师招收40岁以下新生150名。

魏乃昌欣喜欲狂，他多想圆自己的大学梦。但此时他又有四个疑问在脑子里回旋：学校会不会同意？他已经41岁，学院还会不会收？入学要考中国现代史、哲学、政治经济学三门课，他都没学过，能考过吗？特别是他家里上有82岁老母、下有两个上学的女儿，妻子会支持吗？但最后，魏乃昌仍是梦想成真了，他便把这段人生写成了一篇散文《圆梦时节》。

以优异的成绩大学毕业后，魏乃昌被任命为教学副校长，可上任即重任在肩，他马上面临了糕点专业停办、专业教师和实习工厂都得歇业的困境。魏乃昌与糕点教研组长认真商量后，决定面向全省糕点行业举办在职培训，但必须得到行业主管部门的同意和支持。他们登门汇报后虽得到了肯定和支持，但同时被提出了两个要求，一要有成套的糕点培训教材；二要有技术高超的培训教师。在当时，仅靠学校的糕点师资力量是难以满足这两条的。

魏乃昌四处奔波，经过多方努力，最终得到了省副食品公司的认可，向全省发出"举办全省糕点生产技术培训班"的通知，并接连举办了十期，基本上把全省糕点行业的厂长、技术骨干轮训了一遍。这次经历被他写成《校企携手　大有可为》，并在《德育报》举办的"追忆流金岁月　寻找身边感动"主题征文中荣获一等奖。

不久，学校接到为楚云大酒店培养40名服务员的任务。酒店服务专业当时全国尚无开办的先例，他与教务处负责人进行了社会调研后，克服无教学计划、无教材、无师资、无实训场地等困难，终于按期开班。学生毕业上岗后，引起了酒店行业的极大反响，纷纷要求联合办班，有的还派服务员来技校参加培训。如今酒店服务专业已成为学校的品牌专业，一张原本空白的酒店服务专业白纸，被描绘成了一幅动人的灿烂绚丽的蓝图。他把这些难以忘怀的经历写成了《酒店服务培训灿烂绚丽》《情系窑坡山》《无怨无悔》等文章，深受师生员工的赞赏。

魏乃昌在技校工作的二十多年中，不但用文字记录了一些难忘的岁月，而且把主要精力放在技校教材编写上。除了编写内部培训教材外，他还主编、参编、主审并在全省、全国发行的技校教材（教程）有15种之多。

2000年下半年，省劳动厅职业技能鉴定中心借调魏乃昌去负责组织中央及省属宾馆（酒店）服务员鉴定工作，以此带动全省酒店行业职业资格持证上岗的推广。之后，他又组织举办了三期高级工培训班，在此基础上组建了一支鉴定考评员队伍，组织技校教师和酒店资深人员编写了《宾馆/酒店服务员职业技能鉴定复习指导》，向全省发行两万册，满足了酒店培训和鉴定需要。

一分耕耘，一分收获

2003年，魏乃昌退休了。一退休，他便被省劳动厅培训处推荐给湖南涉外经济学院培训中心，继续贡献余热。他组建的酒店培训开发部，经历六年努力，克服许多困难，由小到大、由弱到强，在酒店行业的知名度越来越大，每年都有酒店服务员来培训。培训工作得到了省市旅游部门的认可，湖南涉外经济学院培训中心被授牌为"酒店服务员培训基地"。

湖南省成立职业技能鉴定专家酒店服务专业委员会时，他被聘为专家委员兼执行秘书。他把这段人生岁月写成了近七万字的中篇小说《培训部的故事》。

流年似水，一转眼魏乃昌也年近八十。他回忆着自己的人生岁月，如同吟唱着的一支支歌，或引吭高歌，或低吟细唱，或慷慨激情，或深切悲怆……这些歌声都会随着时光流逝而渐渐飘远，于是他开始撰写回忆录，并定名为《飘逝的歌声》。经过三年时间写作、修改，2018年终于定稿，共23万字。付印之年恰逢他与夫人结婚50周年，在书的扉页上他特意题写了"谨以此书纪念我们的金婚（1968—2018）"。为此他还写了《金婚之旅》《金婚》等纪实性作品。

其间，他仍保持着创作。2015年，媒体报道"东方之星"沉船事故，有438名乘客和船上工作人员遇难的消息，他心痛不已，连夜写了《老伴，你快松手》《嘘，别惊醒了她》两首诗，通过网络发布后，有近千人泪目留言并献上白花。2020年更是连续写下了《哭泣》《出征》《探雷》《回归》《拍照》《心相连》《相约春天》《坚毅执着必胜》《因为有了你们》等六百多行抗疫组诗，用文学作品助力抗疫。

在第一个人民警察节到来之际，他写下了《难忘啊，人民卫士》，在抗美援朝70周年时写了《祖国没有忘记》，在党中央宣布我国基本脱贫时创作了诗歌《巍峨的丰碑》。共和国勋章获得者袁隆平院士去世后，他很想表达自己的一份感情，他连夜写了《理发小店的追思》，以一名女理发师的角度，歌颂了袁老辛劳一辈子、朴素亲民的优秀品质。

他的作品都与时代同步。在建党百年的光辉日子里写下诗歌《我站在清水塘畔》，在郑州遭遇历史罕见特大暴雨时写下《河南挺住，郑州挺住》。

用文学作品讴歌生活中的真善美。老友86岁高龄，独居在33楼，遇到停电停水，是钟点工提着两桶水艰辛地爬楼，为她做饭。得知这件事后，**魏乃昌**便写了小说《停电》，赞扬了这位钟点工关爱独居老人的优秀品质。最近，他还完成了长篇小说《弄潮儿》，约15万字，讲述了一位弄潮儿创办湖南省首家广告公司的故事。

一分耕耘，一分收获。这几年他笔耕不辍，多次获奖。他的作品《买书梦》《我的文学梦》《金婚之旅》《圆梦时节》分别获得全国征文比赛优秀奖、三等奖、二等奖。2021年，他还被评为湖南读书会"优秀签约作家"和"优秀志愿者"。

没人知道魏乃昌老师心中有多少梦想，只能看到他一生筑梦，一路绽放，花开不歇。

中学语文老师潘恺：
用爱诠释梦想

● 守 望

2001年9月，刚中文系毕业的潘恺走进了溆浦六中的高一教室，同样青涩的他在学生们喊出"老师好"中胀得一脸通红，但他也在同学们的眼神中看到了信任和期待。当一名好老师则是潘恺最大的梦想。看着眼前这一群充满了求知欲的学子们，潘恺仿佛看见了曾经的自己。

在工作岗位上，潘恺服从学校的安排，任劳任怨，担任两个班的语文课老师，还担任了校团委书记，利用校团委

平台，积极协助学校抓好德育工作，加强学生的担当责任意识、爱国意识培养等；充分利用主题班会，校园文化阵地，爱国主义教育基地等方式方法加强学生的德育工作。因为工作出色被学校评为"优秀班主任"，并在2007年、2008年、2009年均被溆浦县委评为"先进个人"。潘恺带的班级多次被学校评为"文明寝室""文明班级""优秀班集体"，学校团委也被县委、团县委评为"先进单位"。

潘恺把满腔的爱都投入到了教育教学工作中，因为他深爱着他的学生。他总是舍小家为大家，虚心向有经验的同行学习，总是把学生的教育放在首位。

2010年8月潘恺被选调入溆浦一中，他积极协助班主任贺艳红、武银香、黄雄辉老师做好每个月的主题班会与迎高考班会讲座等各项活动，也帮助黄雄辉老师邀请心理学专家为学生开展心理学讲座。他协助班主任开展了丰富多彩的德育活动，寓教于乐，让学生们在潜移默化中受到了感染和教育。因各项成绩突出，他所任教的班级经常被学校评为"文明班级"和"优秀班集体"。

潘恺教育学生秉承因材施教的原则。他注重了解不同学生的各方面状况，着重个别谈心及时把握学生的思想和学习动态，因材施教地开展教育教学工作。爱心和汗水终会结出丰硕的果实，任教以来，潘恺所教与所带班级的高考自然上线人数和语文成绩多次名列前茅，深受学生、家长、学校的一致好评。他还经常利用课余时间走到学生中间，及时了解学生的思想动态，全方位地了解学生的各种情况，既增进了师生间的感情，又便于有的放矢地开展教育教学工作，收到了事半功倍的效果。

2007年，来自偏僻的善溪乡唐海花同学家庭困难，一天只吃两顿饭，因营养不良而患有严重胃病，潘恺知道后就经常给她熬稀饭、开小灶补充营养，调理身体。唐海花的身体好了，成绩也赶了上去，顺利考上大学。

2008届的罗孝青同学因家庭贫困被家长要求他退学，学习压力大，思想上出现了大波动，潘恺找他谈心，并和班主任一起向学校领导反映情况，减免了他的部分学费，还利用校团委平台号召广大师生募捐，给罗孝青筹措了部分学费和生活费，以使他安心学习，顺利考上了湘南学院。

2010届的王倩倩、刘婷、刘飘飘几位同学都是专业生，长期学专业，耽误了学习，由其语文成绩不太理想。面对这种情况，潘恺找她们谈心，向她们介绍学习方法，单独辅导。经过努力，在高考中，她们几个人的语文成绩均达到了105分以上，并考上了理想的大学。

……

受到潘恺帮助和影响的学生很多很多，他还悉心辅导和培养了不少学习尖子生，曾获得过教育部、省、市级的作文比赛和语文素养大赛一、二、三等奖，其中2012年的董思琪同学获得了全国青少年"五好小公民"主题教育"光辉的旗帜"读书征文活动一等奖。

2012年、2015年、2016年，潘恺被学校评为"优秀教师"；2013年、2016年，潘恺被学校评为"优秀党员"；2020年，潘恺被溆浦县教育局评为"优秀党务工作者"，2021年，又被县教育局评为"优秀党员"。

潘恺除了兢兢业业投身教育教学工作外，还不断给自己充电，不断提高自身的业务素质与教育教学水平。在教学工作之余，他及时总结教学中的得失，积极撰写论文。

2011年撰写的论文《语文教师培养创造性思维能力的作用》获市一等奖；2012年撰写的《浅探想象力在语文阅读教学中的重要作用》获中国教育学会中学语文教学专业委员会二等奖；2014年撰写的论文《古代诗歌鉴赏技法之我见》获省二等奖；2015年撰写的论文《用"心"换"心"，激发学生的潜能》获省三等奖；2016年撰写的论文《打破常规　写出新意》获省二等奖。

潘恺认真从事教育科研活动，不断总结经验，获得了不错的成果。2013年撰写的教学设计《游褒禅山记》获省二等奖；2014年撰写的教学设计《中国建筑的特征》获省三等奖；2015年撰写的教学设计《沙之书》获省三等奖；制作的课件《孔雀东南飞》也荣获市级一等奖。

这样的奖项和荣誉还有很多很多，在走上工作岗位的十多年里，潘恺一直担任班主任兼语文老师工作，他所教的班级学生成绩一直名列全县第一，一批又一批品学兼优的学生考上重点大学，为国家的教育事业贡献了一份光和热。

"白衣天使"彭博：
仁心仁术铸医魂

●○ 守　望

　　他有一颗年轻滚烫的心，以渊博的学识和无限的热忱，用自己的一言一行，书写着妙手仁心的医者传奇。他就是湖南省医院协会精神卫生管理专业委员会委员、溆浦康宁精神病医院业务院长彭博。

　　彭博系中国心理学会会员，湖南省医院协会精神卫生管理专业委员会委员，怀化市医学会精神卫生专业委员会委员，溆浦康宁精神病医院业务院长、法人代表；中医内科及精神科主治医

师、湖南省卫健委及湖南省残联联合认定精神（智力）残疾评定医师。

人们称赞穿白大褂的医生为"白衣天使"。让我们来见证这位湘西医学领域冉冉升起的新星的奇异光彩。

年少立志　济世仁心

1989年，彭博出生在湖南省溆浦县城的一个普通家庭，他爷爷曾当过民兵，并被评为"民兵模范"，他的父母勤劳善良、质朴果敢……彭博耳濡目染长辈们的优良传统。父亲对彭博从不溺爱，不仅学习上严加教导，为人处事上更是时时叮嘱——要学会吃亏、先人后己，要有责任心，更要有爱心。

在父母的关爱和教诲里，小彭博健康茁壮成长。屹立成了一个淳朴善良、勇于担当的人。

彭博从小就显现出在学习方面的天赋，成绩一直非常优秀。从小学到初中，彭博多次参加公益活动，和老师、同学们一起，走进敬老院慰问孤寡老人，和同学们一起救助流浪乞讨人员等。当时县城的整体医疗水平不高，很多孤寡老人长期受慢性病痛折磨、久治不愈。当他看到这些，他便立志学医，成为一位救死扶伤的白衣战士，希望能通过自己的努力为病人减轻病痛。

中学期间，他刻苦学习，多次获得"三好学生""优秀班干部"荣誉称号，在全国各科竞赛中获奖。他还乐于助人，经常利用放学时间主动帮助学习成绩差的同学辅导功课，直到晚上七八点钟才能吃得上晚饭。

一些同学在他的辅导下学习成绩进步飞快。彭博体会到了"赠人玫瑰，手有余香"的快乐。

高中毕业时，彭博所有的志愿都填写了医学专业，最后他被湖南中医药大学录取，进入该大学中医临床专业学习。

彭博发誓：竭尽全力除人类之病痛，维护医术的圣洁和荣誉，救死扶伤，不辞艰辛，执着追求，为祖国医药卫生事业的发展和人类身心健康奋斗终生。他也一直用行动履行着这个誓言，在五年的医学生涯中，他刻苦学习，成绩优异，并多次获得奖学金，并于2010年光荣加入了中国共产党。

医术精湛　不断创新

2013年彭博以优异的成绩大学本科毕业，并以超分数线40多分的优异成绩考上了医学院研究生，然而他立志回报家乡，放弃就读研究生机会，进入溆浦县中医医院工作。他知道，要当好医生，就是要比常人付出更多的努力，进入医院工作后他更加努力和刻苦，经常加班加点，几乎24小时待在医院，向上级医师学习实践经验。

彭博求真务实，如他手里的处方笔一般沉稳、内敛、低调。在工作中，有着锲而不舍和开拓精神，勤勤恳恳做学问，兢兢业业地工作。

从事医务工作十多年，他从医学青涩的年轻医生一步一步成长为科室骨干，彭博付出了不同寻常的心血与时间。他一贯对专业严格要求，对科研创新的孜孜探索，对患者赤诚相待。

温暖的光：致敬我们身边的榜样人物

他先后在急诊科、内科、儿科、针灸理疗科、ICU等科室工作，获得了领导同事的一致好评。从普通住院医师到主治医师，他勤奋工作，始终以高尚的医德塑造自己，在平凡的岗位上热心服务病人，多次收到病人的感谢信及锦旗。

2018年冬天的一个夜班，他正在办公室值班，突然急诊送来一位呼吸急促、生命体征不稳的病人，没有家属陪同。彭博没有时间考虑，秉着生命至上的原则，第一时间为病人开辟绿色通道，为病人垫付办理了入院手续并进行紧急救治，通宵达旦守护在病人床旁直至病人转危为安。后来病人家属知道后，硬要送给他一个红包表示感谢，被他严厉拒绝。他微笑着说：这是他应该做的，只为对得起身上这件白大褂，这上面装着一份责任，一份深情，病人和家属感动得热泪盈眶。

病人顺利出院后，病人以及家属还经常带亲朋好友来找彭博看病，逢人就说这位彭医生人好、医术好，让人心安。因而成群结队的病人涌向彭博的身边……一个个病友痛苦地来，健康微笑地离开，像春天里一朵朵小花，绽开在病房，绽放在溆水河畔，绽开在彭博和医院每个人的心头。

在溆浦县中医医院工作期间，彭博多次荣获院先进个人、优秀党员等荣誉称号，他把荣誉当作砥砺前行的压力和动力，一如既往地悬壶济世，救死扶伤，为生命坚守。

畅游医海　呵护生命

彭博总是张开怀抱拥抱自己心中的医学梦想，如同拥抱了人生永远不老的时光；他执着、认真地走好自己人生的每一步，每一步都通向了自己人生的巅峰。

2020年初，彭博因偶然的机会，接触到精神病人这类弱势群体，那时候，精神病人常常被人瞧不起，没有尊严，有的精神病人甚至毁了一个家庭。这让他感触很深，于是他非常渴望为这类人群做出自己的贡献，去拯救一个个迷茫的灵魂和风雨飘摇的家庭。

为此，他进入了溆浦康宁精神病医院工作，跨专业需要很大的勇气，更需要付出更多……他只能加倍努力，同样地不分昼夜，几乎24小时待在医院，从普通医生到医务科长，再到业务院长，彭博付出了常人难以想象的艰辛与血汗。他尽职尽责，时刻以病人为中心，以医院为中心，他顾全大局。

精神病患者是一类特殊的人群，在社会中缺少关爱，受歧视，彭博对待这类病人却如亲人一样。彭博把满怀的爱都投入到他的救死扶伤工作中，因为他深爱着他的病友。他总是舍小家为大家，把病患的生命安全放在首位。

2021年冬天，一个雷雨交加的深夜，一阵急促的电话把彭博从梦中惊醒，是科室值班医生打来的电话，医院有位抑郁症的患者欲上吊自杀，难以劝阻。彭博不顾严寒暴雨，立马飞奔到医院，到医院后他才发现，自己全身已经湿透。然而他不顾这些，他专心为患者进行心理辅导，经过一个昼夜的谈心谈话，病人情绪才趋于稳定，这时天也亮了，彭博一脸的疲倦，可他又投入到了第二天的临床工作中。

后来，病人家属专程来到医院，痛哭流涕、跪在彭博的身边表示感谢，他连忙扶起家属，依旧是轻描淡写的一句：这是我应该做的。这只是他日常工作的一个缩影，像这样的事情还有很多，都是他工作尽职尽责的感人画卷。

2022年有位精神病人突然亚木僵状态、拒饮拒食三日，情况危急。彭博得知情况后，积极和家属沟通，取得理解，并亲自为病人制订治疗及饮食方案，亲自喂病人鼻饲牛奶、药物，亲自为病人更换尿不湿，在他的精心治疗下，病人终于一周后开始进食，身体也逐渐恢复，精神症状逐渐好转，直到康复。

每每彭博一想到自己能让一个个痛苦迷茫的生命鲜活起来，而且充满希望，他欣慰地笑了。他感觉能用自己的医术为百姓服务，把他们从死神身边夺回来，为他们编织生命之春，他就感到满怀的幸福。

彭博给家人的时间甚少，他曾连续三个月没有回家，尽管医院离家不到2公里，只因医院忙得不可开交，他心系他的病人、心系医院的工作。他一直觉得自己愧对家人，好在他的妻子石婧然知性、美丽、善解人意，是一位敢于奉献的女子，她非常理解和支持彭博的工作，他们的三个活泼可爱孩子也传承他们的优良品质。温馨幸福的家庭，也让彭博能安心地在工作中拼搏与奉献。

无论酷暑还是严寒，彭博多次不顾自身安危，到山区为精神病患者上门送医送药、做心理辅导，多次为精神（智力）残疾患者下乡办证，获得了上级有关领导及群众的一致称赞。

在教学工作中，他倾囊相授，他承担着溆浦县人民医院助理医师规范化培训精神科的教学工作，他为每一位来院规培的医生们倾力传授自身所学，努力提升他们的精神医学水平，力争培养医生们的多学科能力，获得了所有规培生的一致好评。

彭博是一位与时俱进的医生和业务院长，为了提升自己水平，他不断给自己充电，执着、顽强地探索着。彭博2019年到湖南医药学院附属医院ICU进修，2020年在湖南省脑科医院精神科进修。

彭博在进修期间，非常认真、刻苦，他抓住分分秒秒。他白天在科室跟着老师认真学习实践知识，晚上一个人的时候就巩固理论知识。在学习期间他最喜欢做的事情就是跑病房，因为他知道光依靠老师带是远远不够的，更多的还是需要自己去探索、实践、验证、思考与总结；将学到的知识在实践中运用，那才是真正将知识内化到自己的专业体系。学成归来的彭博业务水平再一次有了质的飞跃。

医生的工作很辛苦，而业务院长的工作更辛苦，事无巨细，因为工作忙，妻子印象中彭博几乎没有吃过一顿正常的饭，没有睡过一个完整的觉。在他的心里始终记挂着他的医院和患者。难得的休息时间，他也不会去很远的地方，他怕患者出现什么情况，赶不回来耽误患者的病情。即使休息日，彭博都要回到医院，回到病房询问病人的情况，才安心。他说，治病救人是医生的天职，患者康复出院的日子，就是他最宽慰开心的时候。

始终怀有尊重生命的赤诚之心，不管碰到什么艰难险阻，疑难杂症，彭博都坚定自己的信念，沉着冷静应对，一次又一次，将患者从死神的手里抢救回来，他的敬业奉献，也收获了领导、同行和无数患者发自心底的称颂。

彭博所做的一切，源自自己对医学的热爱，对人、对生命的呵护与尊重。

播撒阳光　传递爱心

"每注善举，温暖如光"。彭博的言行是一道光，一抹暖阳，温暖身边或乡镇的同行与病友。

因为诚意，因为怀揣爱，彭博的身上总透着股暖劲儿，像三月的阳光来得恰到好处，让人难忘又让人感动连连。

一贯恪尽职守、奋力攀登的彭博院长在行医生涯中始终将患者的利益放在首位，将患者的安危挂在心头。一年中他有4000多个小时是在工作岗位上度过的，他舍弃了陪伴家人与休闲娱乐的美好时光，仍然坚守在工作岗位上，就是为了多看一份病历，多观察了解一些患者，多救治、呵护一个鲜活的生命。

彭博付出的不只是时间，还有满怀的爱。每当他碰到家庭困难的患者，他会慷慨解囊帮助他们渡过难关，碰到因为病情不好而心情低落的患者，他会耐心开导安慰他们，给予他们春风般的温暖。

彭博的骨子里不但传承了老一辈革命家的顽强拼搏精神，而且拥有一颗善良淳朴的大爱情怀。他从学生时代开始，一直经常照顾五保户，老人与留守儿童，贫困学子等。业余时间也积极投身公益活动中，他懂得感恩回报社会。他参加各类义诊30余次，免费送药1万余元。他还参加各类公益性心理健康知识讲座10余次，他确实是迷茫的人心中一道温暖的光。

　　彭博的大道，就是一个共产党员的本色；彭博的精诚，就是以悬壶济世的博爱之心，以"博极医源，精勤不倦"的习医之心，为天下苍生带去安康。

警官向长安：
侠骨柔情润苍生

● 守 望

　　1963年，向长安出生在湖南省溆浦县一个普通的农村家庭，向父是老革命，新中国成立前就加入了中国共产党，他剿过匪，受过枪伤，一辈子只知道工作。父母勤劳务实的作风影响着他。父母对向长安从不溺爱，不仅学习上严加教导，为人处世上更是时时叮嘱——要学会吃亏，先人后己，要有责任心，更要有爱心。

　　为了成为一个有用之才，向长安如饥似渴地学习，无论小学还是初中、高

温暖的光：致敬我们身边的榜样人物

中，他都品学兼优，年方15岁因家里贫穷，他不得不辍学在家务农。仅高中毕业的向长安一边参加繁重的集体劳动，一边照旧刻苦自学，两年后参加高考，并顺利考入湖南省人民警察学校。17岁的向长安穿上了心爱的警服，并在24岁那年上任派出所所长一职，几年后又被直接选拔进了省城工作。

做人民心中的钢铁卫士

1983年9月，刚满20岁的向长安从警校毕业，一脚跨入溆浦县公安局的大门便被分配到刑侦队当侦查员，他信心百倍地投入到工作之中，心中只有一个信念：要用实际行动回报国家和组织的培养，尽力把本职工作做好。

从此，他的生活便与声声警笛牵系到了一起，形形色色的案发现场，蛛丝马迹的犯罪痕迹，破不完的案子与抓不完的坏人……他像一颗螺丝钉，组织把他拧在哪里，他就在哪里发挥作用。

向长安的时间表上没有空白。他没有休息时间，没有节假日，他的时间几乎都属于工作。

为了工作，他在春雨绵绵的乡间小路上艰难跋涉，在烈日炎炎的案发现场仔细勘验，在秋风萧瑟的大街小巷认真巡查，在风雪交加的寒冷冬夜蹲守……腰酸了，腿麻了，手冻了，满身汗臭味……他都无怨无悔，每每案子破了，犯罪分子落网了，这都能让他无比欣慰。

"没有困难要上，有困难克服困难也要上。"——这是向长安的座右铭。也是他不断拼搏、取得成功的金钥匙。

向长安永远不会忘记，孩子两岁时的一天中午，妻子忙于去上班，嘱咐他把孩子送到岳母家，可他因为必须马上赶到一起盗窃案的现场而不假思索就推辞了，待他勘查完毕现场火速赶回家时，却发现孩子已经溺亡在去外婆家的路边池塘里。妻子哭肿了眼睛，旁人也忍不住落下了同情的泪水，向长安心痛地已经哭不出来，他强忍悲痛掩埋了孩子，来不及休息和安抚妻子，又投入了破案工作。很快，案子破获，十多人的盗窃团伙被摧毁了，这时的向长安才抱头痛哭了起来。

失去了第一个孩子，第二个孩子降生时，向长安多想陪在妻子身边，妻子盼望他留下的目光盯得他心里发痛，岳母质问他是孩子重要还是案子重要时，他耐心说服岳母和妻子：作为一名公安干警、共产党员，时刻都要以人民的利益为重，案情重于儿女情，他又一次离开了妻子，且一去就是五天。当他追回全部被盗款项返家时，孩子早已呱呱坠地。回到家中，向长安一把抱住孩子，开口第一句话就是告诉孩子说"案子破了"。第二天他还要出去办案，岳母得知后，怒气冲冲地追到了门口，却只看到了他匆忙的背影。

心中有光，方能逐梦远航。向长安在各种难案、要案中不断淬炼打磨自己，逐渐成长为公安战线的一把尖刀利剑，打击犯罪，维护稳定，屡建奇功；他忠诚于党，守卫人民，敬畏法律，有着高度的事业心和责任感，无论遇到什么困难都决不放弃。"人民心中的钢铁卫士"这一称号，于他实至名归。

1990年11月29日，溆浦县公安局突然响起紧急集合的电铃。原来，低庄镇思溪火车站附近一个村民因捡拾铁路物资与一个铁路民警发生纠纷，导致矛盾激化，少数村民一时激愤，缴了铁路民警的枪，还扣留并打伤了铁路民警。被扣留的铁路民警生命危在旦夕。省公安厅打电话要求溆浦县公安局派人前往营救。向长安正在休假养伤，可他不顾家人的阻拦，带着几个警察急匆匆地赶往了现场。

当时现场特别混乱，黑压压、怒气冲冲的人群围追堵截，扁担、石头砖块雨点般袭来，向长安不顾自身安危冲进了人群。他耐心向群众讲解法律知识，循循善诱。终于，受伤的铁路民警得救了，但向长安在解救过程中不幸又受了伤。

"数十年来，他几乎所有的节假日和周末休息时间都用在工作上，任何工作他都冲在前、干在前，他是大家眼中"能干事、会干事"的干事先锋。"与他一起工作过的许多同事这样说道。

向长安不但是人民生命财产的忠实捍卫者，更是他身边干警的贴心人与良师益友。

1991年，向长安调入新单位城关镇马田坪，担任党委副书记兼派出所所长，第二天他就走马上任了。他立即带领干警夜以继日顺藤摸瓜，陪干警耐心分析案情、做心理辅导，不辞辛劳地工作，苦战一个月，将他上任前发生的12起刑事、治安案件全部破获。两个盗窃团伙落入法网，几万余元的经济损失被全部追回，当地群众都拍手称快。

为了提高全所干警的业务素质，他还利用业余时间写教案，登台给干警上课。短短三个月，他熬了三十多个通宵，为七名新同志掌握了办案常识，此时向长安的心里比蜜还甜。

几十年来，组织上把他调到哪里，他就把心安在哪里，就拼命工作在哪里。他是雷锋式的好警官、好导师，在平凡的岗位上奉献自己的光和热。

他常说："我作为一名人民警察，就是人民的勤务员，是人民的公仆。在人民生命财产安全受到威胁的时候，在党和人民最需要我的时候，我必须勇敢站出来，充当他们的保卫者。"

支撑起"钢铁侠"的是信念

1981年，向长安考入湖南省人民警察学校，毕业后进入溆浦县公安局工作。从参加工作起，他便一心投入办案，像陀螺一般连轴转，全年无休几乎成为常态。

"那时破获案件是没有指标的，完全凭自己的心去做，我觉得能为群众多做一件是一件，能帮助到他们我发自内心地感到高兴和欣慰。"采访中，向警官这样告诉笔者。

靠着这种信念的支持，1989年，向长安在一个星期内就破获了马田坪乡人民村11起重大强奸案。1990年，他的辖区发生多起特大盗窃案，他又废寝忘食地连续作战了半个多月，忙得连衣服都没换，最终成功将窃贼抓获。

在当地群众心中，向警官就是随时待命的"钢铁侠"。为了表达对心中英雄的感谢和敬意，在向警官经过村庄时，淳朴的乡亲们都纷纷把自家种植的蔬菜送给他，甚至有人看到他的鞋子破洞后，悄悄在他的粗布袋子里放了一双新布鞋。

1996年底,向长安进入湖南省人民警察学校担任党委秘书。到任后,从学校定点扶贫处了解到贫困孩子王小军(化名)的情况,他决定亲赴现场一探究竟。一路风尘仆仆赶到张家界桑植县马合口白族乡,看到9岁的王小军拖着瘦弱的身躯照顾体弱多病的双亲,家徒四壁上不起学,向长安潸然泪下。当时他下定决心,无论如何也要为这个"儿子"移掉阻碍他成长的贫困"大山"。

从此,向长安开始了对王小军的资助,一做就是15年。作为一名普通的公务员,向长安的收入并不丰厚,但即使是最拮据的时候,他也没有停止过帮助王小军完成学业。

王小军没有辜负"父亲"的付出,沿着"父亲"开凿的"大道"走出了大山,大学毕业后找到了好工作,从此"拨云见日"。

谈到自己的成长,向长安对于儿时记忆里的众多好人总是感激不已。这份感激又化作了他助人的动力,四十年如一日,未曾改变。

向长安的言行,不但影响着自己的学生与无偿资助的许多孩子与老人,而且对自己的一双女儿也影响颇深。父亲对事业的执着与大爱情怀一直是她们的标杆与楷模。

父亲向长安的言行时刻感染着她们,因而她们从小学习认真,品学兼优,综合素质高,深得老师、同学的喜爱与赞赏。

两个优秀的女儿也以助人为乐,两姐妹不仅支持父亲的善举,更自觉和受到父亲帮助的孩子打成一片。每当向长安不能兼顾姐妹俩时,她们都会让父亲以他人为先。如今走入社会的"孩子"也时刻谨记"父亲"

教诲，总是伸出援手，竭尽所能去帮助处在困难中的人。

"帮助我的好人太多了，有些已经记不清名字了。我只有尽我所能，去帮助下一代，算是对那些好人的回报和敬意吧。"向长安认真地说。

古丈扶贫史上的"三最"

向长安一贯坚守初心，忠诚为民。他参加工作四十多年来，把工作单位当成家，把工作过成了生活，把做公益慈善当作业余爱好，他始终把群众利益放在首位。

四十多年来，他经常帮助有困难的群众，为他们接济财物，解危帮困。他省吃俭用，共花费数十万元帮扶了十多位贫困学子和孤儿，并把他们培养成人。

向长安用朴实的行动，把全部的爱洒向了他工作和生活的每一个角落。现在许多人在他的感染和影响下，成了充满正能量的爱心志愿者。

他酷爱公益与慈善，经常说："我从小受到过很多人的帮助才走出大山，走向城市，有了学习和工作的机会。人要学会感恩，在自己有能力反哺时尽力多做点有益的事。"因此扶助孤儿、特困学生、弱势群体就成了他常做的事情。

打造"零发案"的社区，组建"雷锋志愿服务团队"，无私帮助孤寡老人、孤困儿童和困难家庭……这些都是向长安的初心与日常业余生活的内容。向长安资助的一个孩子给他的感谢信中这样写道："尊敬的警察叔叔向长安，您就像黑夜里的一束光，在我几度想要放弃的时候教会我坚强，给予我希望，资助我完成学业，使我可以背上行囊，继续为梦想赶路……"

向长安确实是许多迷茫的人生命中的一束光，他也是山区老百姓生命中温暖的光。他时刻心系山区百姓，渴望帮助他们能够走出贫穷，过上幸福的生活。

2016年，年满53岁的向长安主动向组织申请，奔赴湘西古丈县偏远山区参加扶贫工作。按省里规定省直机关去下面乡村扶贫工作队员的年龄原则上不能超过50岁，向长安渴望能够借国家扶贫的平台为山区老百姓以更多的造福。扶贫工作琐碎细致，需要耐心、诚心和用心，即便如此，工作中有时不免遭到一些村民的误解而满腹委屈；有时工作过于投入，饥一顿饱一顿是常事……

他和队友们开展教育扶贫，积极为地方小学建图书室；为了给村民在夜间带来光明，他联系有关部门，为村道安装路灯，他联系商家寻求赞助……为了村里的发展，他积极引进扶贫资金，想方设法……他认为扶贫工作尽管琐碎而平凡，但是关乎村民利益的事情都不是小事，每件事都要认真对待，尽心处理，方能彰显自己作为老共产党员与警官的责任和担当。四年间，他引进扶贫资金达八十余万元。

向长安为了扶贫工作付出了许多心血与汗水，但他无怨无悔，他成为湘西古丈县扶贫史上的"三最"：既年龄最大、个人引进扶贫资金最多、扶贫时间最长的扶贫干部。2018年，湖南省委省人民政府授予他"全省脱贫攻坚先进个人"称号。

付出总会有回报。向长安受到了各级领导和同事的一致好评。他多次受到立功嘉奖，先后获得五十余项奖励及荣誉称号。他的爱心事迹曾被《人民公安报》《湖南日报》《法制日报》等多家新闻媒体广泛报道。他先后多次被授予"全省学雷锋标兵""优秀共产党员""全省脱贫攻坚先进个人"等荣誉称号，在广大人民群众中树立了人民警察的高大形象。

溆浦县人民医院骨科主任曹怀焱：
心系苍生的良医

● 曹斌娥

寒山钟声杳，枫桥千年渡。风卷云舒皆过往，只把诗留住。

创业乐无边，挥汗写新赋，待到乘风破浪时，高医潮头铸。

这首词是广大患者对"悬壶济世医苍生，妙手回春解疾痛"的医生赞歌，更是对溆浦县人民医院骨科主任、四肢关节科主任曹怀焱的评价。曹怀焱从医33年，用浓浓的人文关怀、精湛的中西医结合技术、患者至高无上的工作态度接诊了成千上万的高危病人，在患者及

家属心中，曹怀焱主任就是一位心系苍生的良医。

仁心仁术悬壶济世

曹怀焱出身于书香门第，是五代行医世家，浸润在浓厚的氛围中，他从小就热爱医学，工立志做一名好医生。曹怀焱的曾祖父曹振华是溆浦县第一届县委委员，是湘西舒溶溪农民起义的领袖，因此也在曹怀焱的血脉里种下了红色基因。

1990年7月，曹怀焱从湖南中医学院毕业，他回到家乡当了一名医生，专注于用中西医结合技术治疗骨伤科疾患，曹怀焱的座右铭是"解除伤与痛，健行每一天"。从医33年，曹怀焱接诊患者60000余位，成功救治急危重症患者2000余位，参与疑难复杂疾病会诊3000余次，完成手术20000余台次……他用"医术""仁心"赢得了同行的认可、患者的赞誉，先后荣获溆浦县"2022年最美医生""白求恩式医疗卫生工作者""2022年溆浦县名中医"等诸多荣誉。

在医学生涯中，曹怀焱从未停止过探索的脚步。他自费拜访骨伤名师，学习洛阳郭氏正骨、岭南骨伤科疗法。1997年，在湖南中医学院附属第一医院师从卢敏教授学习骨伤科流派手法，2000年与2007年，前往中南大学湘雅二医院、湘雅三医院师从王万春、张湘生、吴松等教授学习创伤、关节手术……为了尽可能掌握疼痛知识，更好地为患者服务，曹怀焱工作之余他自学疼痛学知识，对急慢性疼痛知识有较深的认识，在国家医学考试设置疼痛学专业考试后，首批考取疼痛学主治医师。

有的患者在接受曹怀焱的治疗后说："我的膝关节磨损厉害，两个医院的大夫都说要置换人工关节。从网上查到各位病人对曹大夫的好评，我慕名前往，果然名不虚传。曹主任给我做的手术干净漂亮，第二天就能下地活动，在医生护士的指导下康复训练，一周就出院了。"

为了解决儿童四肢骨折手术的难点问题，曹怀焱于2015年在溆浦县率先将儿童四肢骨折闭合复位弹性髓内钉微创技术应用于临床，此种手术方法具有创伤小、骨折愈合快等优点。迄今为止，科室已为一百余例骨折患儿成功实施了手术。他救治的江口镇男孩亮亮，被他精湛的医技折服，对医生这个职业充满了向往，他说："我长大了也要当医生。"

2019年，他接诊了一位来自新化县的19岁患者，小伙子脊柱侧弯明显。经过仔细检查，他做出了明确的诊断——脊柱侧弯。这是一种残疾程度较高的疾病，是技术要求高的手术，风险很大，而且对于术后康复也没有十足的把握。为了减轻小伙子的残疾程度，他与湘雅二医院取得联系，在湘雅二医院脊柱外科邝磊主任的指导下，患者没有长途转诊到省城，在溆浦县人民医院骨二科就得到了医治，手术非常成功，小伙子的驼背变直了，治疗效果很好，如今这个年轻人已在高校读书。

每做一台手术之前，曹怀焱都会进行充足的准备，尽最大努力保证手术成功。手术中，避免对神经、肌腱、血管的损伤，对每一次切割、分离都要求非常精确，有时甚至需要精确至毫米，否则术中失之毫厘，术后患者的功能恢复也会差之千里。"力争让病人在最小的创伤下得到最大的治愈"，是他始终坚持的理念。

加班加点治病救人

近年来，随着科室品牌影响力的提高，住院患者和手术量显著增加，经常连台手术从上午做到下午，午饭和晚饭一起吃已是家常便饭。每天清早例会以后，曹怀焱都会到每间病房了解患者的病情。不管手术、会诊有多晚，他都会到每个病房转转，看看当天术后患者的状况，根据病情及时调整用药。对于第二天要准备做手术的患者，他会与他们聊聊家常，说说病情和准备手术的情况。他说这样做自己安心，患者宽心，家属放心。

他没有周末，加班加点是工作常态，手机24小时开机，睡梦中被电话吵醒奔赴医院抢救病人已是司空见惯。2013年9月的一个雨夜，曹怀焱做完一台急诊手术刚刚迈进家门的他就接到科室电话，说从急诊科转入一名32岁摔伤后四小时颈椎损伤高位瘫痪的男性患者。具有丰富临床经验的他深知黄金抢救时间。"我得马上回医院！"来不及向妻子解释，他甚至没有注意到妻子递过来的姜糖水，便转身冲进漆黑的雨夜，一路奔跑到医院。经过及时抢救，第二天早晨8点左右，患者的手指和脚趾开始轻微活动。奋战通宵的他、值班的医护人员和患者家属都露出了欣慰的笑容，紧接着他又给患者实施了颈椎手术。患者的父亲感激地拿着1000元红包送给他，眼含热泪地说："曹主任，你不只是救治了我儿子，更是救了我们家啊！"他说："医生是我的职业，救死扶伤是我的本分，快把钱收起来给孩子治病用吧。"这位朴实的农民情不自禁地以跪拜的方式表达了谢意。

多年的从医经历，使曹怀焱对医学的理解和认识从单纯的治疗疾病升华为对患者的人文关怀。2020年，科室收治了一位溆浦县桥江镇58岁左股骨骨折术后慢性骨髓炎的患者，30年前车祸的股骨骨折手术后感染，一直迁延不愈，重度残疾，劳动能力丧失。这一次骨髓炎处于病理性骨折，他离异的妻子和远嫁的女儿把他送入溆浦县人民医院骨二科。曹怀焱为患者制订了周密的诊疗方案，并成功进行了手术，患者的病情一天天好转。但每次查房，细心的他都会注意到患者愁眉不展，经仔细追问，得知患者家境贫寒，治疗费用紧张。看到患者焦急无奈的眼神，他握着患者的手安慰说："别着急，我们一起想办法。"一句简单的安慰之语，竟然让患者感动到流泪。不久之后，曹怀焱将此事向医院相关部门汇报请示，减免了患者大部分治疗费用，他还自费为患者买了牛奶、鸡蛋等营养品。平时对该患者重点随访，一年后，已丢掉拐杖能正常行走的患者专程来医院感谢他，开心地说："我恢复得很好，能干事挣钱了，老婆也回来了，女儿经常打电话问候我，我又有一个完美的家，政府也给我办了低保。谢谢曹主任，谢谢科室所有工作人员。"

我国进入老龄化社会，老年髋部骨折发病率逐年升高，由于这类患者的致残率、合并内科疾病的发生率和死亡率极高，给医生带来了严峻的挑战。为了使老年患者得到及时救治，安享晚年生活，曹怀焱带领骨科医疗团队多次到湖南中医药大学第一附属医院骨伤名医卢敏教授团队、湖南医药学院第一附属医院骨科张克云教授团队学习，与时俱进。截至目前，他的团队已为一千余例高龄髋部骨折老人成功实施了内固定手术、髋关节置换手术，结合中医中药、中医康复的手段，疗效显著。2022年元旦，他收到一位怀化市患者家属的短信："曹主任，祝您新年快乐！感谢您为我96岁的父亲做了髋部骨折手术，恢复得很好。不仅提高了他的生活质量，而且让我们有机会继续尽孝……"

他用心对待每一个患者，认真查看病情，询问生活情况，精准掌握患者病情，不因误判而贻误治疗良机。经常有患者说："曹主任不但技术好，为人也很好，接受他的治疗，我放心。"他要求科室医护人员对患者实行人文关怀，加强与患者沟通。科室墙壁上一面面熠熠生辉的锦旗，讲述着温情的医患故事。

言传身教恪守初心

他引进关节手术新技术，开办关节手术指导班，对年轻医生进行培训，毫无保留地分享技术、经验。来科室进修的年轻医生发自内心地说："曹主任就是我们的恩师，四肢关节外科就像我的第二个家。"科室与名医传世"杏树林"智能化人才培训管理平台合作，联合县科协、卫健委中医科利用微信建立溆浦县骨伤科及疼痛技术学习群，开展专题讲堂科普老年退行性疾病的讲座，积极传播中医的非药物中医特色治疗技术，比如针刀技术、整脊疗法。他经常组织科室医护人员去基层义诊，到其他市、县进行医疗支援任务。

"白衣燕帽洁无尘，细语柔声更可亲。救死扶伤忙昼夜，寒冬炎夏省昏晨。"曹怀焱行医33年，他心中只有需要诊治的患者，只有需要动手术的病人，只有骨科医疗中需要解决的难题，唯独没有节假日，没有亲人陪伴日。女儿说:"我从读小学到现在读研,已经二十多年,每次规划的全家游,爸爸都放了'鸽子',他总是说等下次一定补上。可不知道说了多少回下次,从来就没有时间弥补。"爱人说:"我们同在一家医院上班,两口子经常好几天见不上面。"爹妈说:"我们都已80岁高龄,身体不好,常年住院,他只能晚上抽时间去探望,没陪上几分钟,科室一个电话又得马上离开。"岳父岳母说:"我们也已80岁高龄,每次住院都是女儿在工作之余来照顾,女婿难得来探望一次。"

有一年大年三十,全家人正开心地吃团圆饭,医院科室来电话说发生了一起车祸,有几个人受伤较为严重……电话还未讲完,他碗筷一撂立即赶往医院,团圆饭的饭桌上又一次少了他。

曹怀焱知道亏欠家人的实在太多太多,说起这些,不禁眼眶有些湿润:"作为医生,当遇到救治患者与陪伴家人的矛盾时,职业操守要求我必须首先选择救治患者。这是我从医的初心,我会一直坚守,永远不变。"

溆浦一中后勤人员向东磊：
从"油印人"到"爱心艺术家"

● 涉江红帆

　　向东磊只是一名油印员，每天都要完成学校几十个班的油印任务，虽然只是学校里最普通的一名员工，但他的工作同样烦琐而重要。在这平凡的工作岗位上，向东磊力争将工作完成得尽善尽美，油印字迹清晰、材料无破损，多页材料都要做好装订，对机器的养护工作和一般故障排除都学到了手。他勤俭节约，杜绝浪费，每年都要为学校节省下不少开支。

　　其实，向东磊的才华远在"油印"

任务之上。向东磊自幼喜爱书法艺术，多年来临池不辍，软硬兼修，作品及文章散见于《中国钢笔书法》《书法报》《写字》等专业杂志。其学书法的事迹曾被《中国钢笔书法》《青少年书法报》《湖南日报》《湖南教育》《科教新报》《怀化日报》等媒体报道，书法作品在国家级比赛中多次获奖，有作品被韶山市人民政府收藏。

身为还是中国硬笔书法协会会员、溆浦县硬笔书法协会副主席的向东磊在学校的宣传工作中也是"重要人物"，那些大大小小的宣传资料都离不开他，从书写到张贴，他都亲力亲为。面对家境贫寒的学生，向东磊还免费教授他们书法和弹奏少数民族乐器葫芦丝，从多方面培养同学们的兴趣爱好。他还随时关心留守学生的生活点滴，经常赠送自己的书法作品给同学们，鼓舞他们朝着心中的梦想飞奔……

在学校，向东磊真是同学们的贴心人，除了不厌其烦地为迷茫的学生做心理辅导，使许多学生走出思想误区和学习困惑，他帮同学们寻找丢失的钱物……而且，一到毕业季，向东磊就成了"大忙人"。同学们考试失利，他也鼓励大家重整旗鼓；同学们填报高考志愿，他出谋划策。

向东磊的善举给了同学们很多感动，他也成了同学们对母校记忆中的重要一环。

从山村娃到优秀员工，35年的后勤工作生涯，在追求卓越的背后也伴随着向东磊充满正能量的不悔青春，在溆水岸边、在溆浦一中校园里也留下了一段段"油印艺术家"的暖心故事。一路付出，也一路收获，向东磊也给同学们做出了良好的人生表率。

"在东哥身上我看到有一种感动叫坚持。"一位现在在北京大学工作的学生微笑着对我说,"这种正能量也正在我们身上更好地传递。"

"苔花如米小,也学牡丹开。"向东磊用自己的绽放,给溆水儿女、溆浦一中的学子们留下了温暖和余香。

湖南读书会大学生部副部长贺伊鸿：
星空中最美的星星

●守 望

　　湖南读书会大学生部副部长贺伊鸿，他出生于湖南省溆浦县卢峰镇一个家风淳朴的职工家庭，家里虽不算特别富裕，但他受校长爷爷的影响，从小学到高中都特别刻苦好学，学习生涯收获了一堆堆奖状。

　　贺伊鸿经常参加各种文学比赛并获奖，还多次被湖南读书会评为"优秀签约小作家"。在长沙读大学期间，2018年团学"两会"工作中，他因成绩突出荣获"优秀干事光荣"称号；2019年他

参加学校"博才杯"辩论比赛荣获第三名,同年还被评为"学雷锋积极分子";新冠肺炎期间,他经常参加防疫志愿者活动,积极肯干,无惧风霜雪雨,2020年他被评为"优秀防疫志愿者"。

因为表现突出,贺伊鸿以优异的成绩大学毕业,还光荣地加入中国共产党,成为党组织的一员。贺伊鸿的实习单位是一家上市公司,实习期间他爱岗敬业、认真学习、积极贡献,得到了公司领导的一致认可,实习期一满便被公司留下来转为了正式职工。

善良是贺伊鸿最大的亮点。贺伊鸿从小就担任班干部,他对班里学习困难或经济困难的同学有着天然的责任心,不遗余力地提供各种帮助,他常把自己的压岁钱捐给贫困同学,给他们买书包和学习用品以及励志书籍。贺伊鸿还会在业余时间兼职做家教,偶尔还捡些废品卖钱,这些钱连同他日常积攒下来的一并都捐给了山区的留守儿童或家境贫寒的老人。

对艺术的热爱也是贺伊鸿的亮点之一,他曾赞助湖南读书会拍摄公益微电影《红帆船》。在这期间,他一有时间就琢磨剧本,还认真向指导老师们与熟悉的现役或退役军人请教、学习。并成功地演绎了一位"威武橄榄绿,家国情怀浓"的中国军人:坚强是他的风骨,奉献是他的情怀,忠诚是他的秉性,一个最可爱的现代军人汉子形象跃然银屏。微电影《红帆船》深受观众喜爱,同时让人启迪颇深。多年来,贺伊鸿一直与湖南读书会的文化志愿者们一起奉献爱心,推广全民阅读。他去过最美山背,给花瑶同胞赠书,指导花瑶同胞诵读国学经典;他去过山区小学,与孩子们牵手,指导他们朗诵湖南读书会自主研发的《致敬,我们身边的榜样人物》等书籍。

贺伊鸿是个眼里有活儿的人，只要他在，他就总是能尽心尽力地去帮助身边的人，他走到哪里，他就会把温暖和帮助带到哪里。

贺伊鸿常与伙伴们一起带着礼物去敬老院看望孤寡老人，和他们唠唠心里话，也给他们讲国家大事，一起唱歌或表演节目，温暖老人们孤寂的内心。敬老院的老人要陪护，家里的老人当然更要孝敬。贺伊鸿经常会去乡下帮年迈的外婆干农活，他还借机为村里的孩子们讲讲国学经典故事，为留守老人们挑水，帮老人们抢收谷子。

从前，因为父母工作忙，爷爷为贺伊鸿兄妹付出了数不清的心血与汗水，他也一放学就回家帮忙做饭，给爷爷泡茶或按摩。近年爷爷因癌症住院做手术，生活不能自理了，可无论在医院还是家里，贺伊鸿都会在繁忙的工作与学习之余照顾爷爷，洗澡、洗衣服、整理房间……他不怕脏不怕累，在贺伊鸿与家人的精心照料与陪伴下，爷爷的身体也慢慢康复。

他就是这样的贺伊鸿，年方24岁，人生旅卷初初展开，已然抒写得如此精彩，且让我们祝福且期待他更加美好的未来……

高级工程师舒焕烜：
追梦路上，与爱同行

● 守 望

从年少时立志成为一名工程师开始，山村孩子舒焕烜就始终保持着对科学的热爱，拥有为理想而砥砺前行的执著信念，现在，舒焕烜已然成为北京京东方科技集团有限公司高级工程师……

舒焕烜家里贫穷，他从小的学习费用就一直由城里工作的姑姑和叔叔们资助。舒焕烜的姑姑是县城的老师，叔叔是首都某部军官，他们都非常优秀，也是舒焕烜最钦佩的人。所以，在经济上扶助了舒焕烜的姑姑和叔叔，其实也是

舒焕烜的精神坐标和行为榜样，使舒焕烜从小就有了一个科技梦和一个爱心梦。

舒焕烜从小学起就担任班干部，是老师的小助手，也是课后辅导同学们的小老师。他学习专注、爱钻研，从小就显现出了与众不同的学习天赋，学习成绩一直非常优异，多次获得优秀干部奖、三好学生、优秀运动员等奖项。进了高中又成了学校足球队队员，连续两年参加市里举办的足球比赛都取得了不错的成绩。

2009年，舒焕烜以优异的成绩考上了太原科技大学。在太原科技大学期间，舒焕烜一边认真钻研本科学业，一边抓紧时间学习考研课程。因为他刻苦与出色在大学期间拿到了奖学金。

舒焕烜经常在学习上帮助同学，虚心向老师与优秀的同学看齐；在生活中，他主动帮助同学，还把自己的奖学金拿来帮助家庭条件不好的同学，给他们买生活用品；在思想上，他时刻以党员的标准严格要求自己，于2012年在太原科技大学光荣加入了中国共产党。

2013年，舒焕烜又以优异的成绩考上了昆明理工大学的硕士研究生。在昆明理工大学攻读硕士研究生期间，舒焕烜参加了昆明理工大学与北京航空材料研究院联合培养计划，撰写的两篇论文《Gd_2O_3-NiO共掺对钇稳定氧化锆材料热物理性能的影响》《力学载荷条件下EB-PVD热障涂层损伤行为研究（装备环境工程）》发表在省部级刊物上。因为品学兼优，舒焕烜从昆明理工大学毕业后便进入了北京京东方科技公司工作，成为一名高级工程师，也一如他当初的梦想，成了一个对国家有用的科技人员。

爱心梦却一直陪伴在舒焕烜的左右。在漫长的求学生涯中，舒焕烜得到过许多人的鼓励和帮助，他也同样鼓励和帮助过很多人。

特别是走进社会之后，舒焕烜更加积极地参加了多种公益活动，有时候他出力还出钱——参加湖南读书会在怀化举办的朗诵比赛志愿者活动，舒焕烜捐资捐物使朗诵活动顺利进行，他还赞助过公益书籍的出版和公益微电影的拍摄，出资帮助溆浦山区的留守儿童购买书籍和学习用品，并与两名学生保持通信，为他们做心理辅导。舒焕烜多次被评为学校和湖南读书会的"优秀志愿者"，以及"爱心大使"。

舒焕烜说："做人应该尽自己最大的努力去奉献、去作为，而不要有半点的自卑与遗憾。"

职场"最美女人花"刘莹：
将热爱揉入时光里

● 向 往

刘莹是湖南长沙一家从事建筑工程施工企业的技术负责人和项目负责人兼综合办经理、国家二级建造师。因为爱好，她还兼任中国女子书画院院长助理、湖南读书会微刊副总监等社会职务。

这张沉甸甸、熠熠闪光的名片，透出的不只是成功与荣誉，还有血汗和艰辛、执着与奉献……这张名片的背后满是感人的故事。

努力是爱的选择

刘莹是湖南邵阳人，她父亲是优秀教师，母亲是公司职员。但因为父母工作都忙，她从小就只能跟着已经退休的外公外婆生活。刘莹的外公是检察长退休，一身正气不怒自威，当医生退休的外婆则无微不至，暖心关怀，也对刘莹从小就进行着红色思想教育。

进入小学后，刘莹如饥似渴地学习文化知识，光荣地加入了中国少先队。进入初中后，刘莹严于律己，关爱他人，又加入了中国共产主义青年团。她更加刻苦地学习政治理论和科学文化知识，除了积极参加学校的各项活动，还经常为老师分忧解难，热心帮助同学。这时候的刘莹开始崭露头角，她多次参加英语竞赛，并多次获得全国奖项。她还加入了校演奏团，多次参与演出和比赛。2002年刘莹第一次登上长沙市电视台的大荧幕。

高三那年，刘莹的父亲身患重病进入医院。这对于正在读书的刘莹来说立刻陷入了"艰辛"，她一边要努力学习，一边还特别忧心父亲的病情，她在学校和医院两头跑。父亲终于出院回家了，但刘莹此时却落下了不少功课，刘莹拼命地学习，抓住每一分每一秒的时间……。她常说："高中三年的生活是汗水中伴着泪水，磕磕绊绊一路艰难走过的。"

2007年6月，刘莹高中毕业，考上了广西科技大学，翻开了人生征程崭新的一页。

优秀是爱的奔赴

在广西科技大学，刘莹学的专业是艺术设计专业环境艺术设计，这是她的特长，也是她的挚爱。大学四年，在学业上刘莹依旧勤恳，课后还会积极参加学院学生会及社团的各项活动。

在大一时她就被选为院学生会组织部部长助理，协助部长和老师协调各种学生工作，组织各项活动。通过学习《中国共产党章程》《共产党宣言》以及毛泽东思想、邓小平理论、党史等诸多有关党的理论知识，她对党的认识逐渐清晰，于是对党组织更加向往，并在实践中努力学习和践行党的方针政策。

2008年，她向党组织郑重地递交了入党申请书，成为一名入党积极分子。通过一年的学习和历练，她被聘为院学生会组织部部长。期间组织了学院学生党员发展工作、学生评优评先工作、多项爱心捐助和爱心互助活动、校园游园会活动等。

刘莹热爱绘画，2009年荣获校大学生文化艺术节绘画类一等奖。2009年1月至2010年10月，刘莹担任柳州市盲聋哑学校"爱心天使"志愿者，学习一些基础的手语和盲文，帮助小朋友做一些力所能及的事，深受大家的喜爱。

付出总会有回报。2011年4月，刘莹顺利通过入党积极分子考察：她各科学习成绩名列前茅，实习期考核优秀，成为一名名副其实的中国共产党党员。

刘莹非常聪明而且好学。她明白"学无止境"的真正含义。她父亲常常告诫她："想读好书，就要能享受孤独。""读书是这个世界上最不会骗人的事情，因为成绩会告诉世人真相。"

在大学期间，她如饥似渴地学习考研相关的知识，在郁郁青青的花园里，在人声鼎沸的教室里，在寂静清幽的图书馆里，她都是一名酷爱学习与爱心圆梦的追寻者。功夫不负有心人！2012年在众多考研的学生中，刘莹脱颖而出，顺利考入中南林业科技大学工业设计工程专业，进入硕士研究生阶段的学习。

研一时刘莹完成了所有理论知识课程的学习，拿到了相应学分。研二她开始每天两点一线地奔波在学校和实习单位之间。

一次次磨炼，刘莹的专业技术水平与综合素养有了很大提高，她的文化底蕴与工作经验日益深厚，在艺术设计专业环境艺术设计领域里具有独到之处，为她以后的环境艺术设计之路打开了一扇窗户。2012年，刘莹以优异的成绩硕士研究生毕业，并被实习单位留用，工作至今。

"在长沙实习与工作的日子，是我成长和腾飞的时日。"刘莹说。

收获是爱的芬芳

在这段八年的工作时间里，刘莹与同事们一起学习，在工作实践中共同进步。她从普通助理设计师——安环部技术组长——技术部技术主管——技术负责人——项目负责人兼综合办经理一路上升，每一个环节都证实了她的坚持不懈与努力奋斗。

在公司的工作日常中，刘莹熟读法律法规、了解企业情况并组织编写各项管理制度，有效展开面向全社会的招聘工作，参与项目的施工管理、评奖、评优、评先工作，她都做得井井有条，非常出色。同时，通过学习考核，刘莹获得了省园林绿化项目经理证书，正式成为一名美化环境的工程师。

2020年是全中国人民最困难的一年，面对新冠病毒感染，企业几乎面临绝境，没有新项目，很多招标工作也被取消。很多企业都停产停业，但是刘莹他们坚持了下来，并在领导的授意下，刘莹代表公司向长沙市第一人民医院捐献了物资。

停工不停学，刘莹在这一年利用周末时间报班学习土建造价工程师的相关课程，她坚持了长达四个月时间的刻苦学习。在兼顾工作和家庭的同时，刘莹还报考了二级建造师资格考试。这次是报了网课，在家利用晚上和周末时间听课做题。她有时候一边给年幼的孩子喂饭，一边上网课，累得满头大汗。"我总是累并快乐着……"刘莹总是一脸灿烂地说。

然而，再累，爱好也不会抛下。刘莹热爱绘画，成绩斐然，2022年被中国女子书画院吸收为会员，并被任命为中国女子书画院院长助理；她还擅长二胡演奏，大学期间，曾经连续三年参加学校组织的民乐合奏团，曾多次参加电视台及学校组织的文化交流晚会演出。刘莹热心公益，骨子里传承的红色精神，让她时刻不忘社会义务和责任，在公益活动中展示了美丽非凡的风采。

在贫困山区，在湖南读书会，在中国女子书画院，都能看到刘莹的身影，她踏实有力的脚步走成一段段诗意芬芳，绽放禅花朵朵。

飶香居餐饮公司总经理夏小虎：
湘菜之林有老虎

● 魏乃昌

"刀工精妙，切出人生精彩；心思细腻，雕出艺术奇葩。"

"才思敏锐，迸发灵感火花；油盐酱醋，烹调幸福生活。"

这是对餐饮业的真实写照，也是对厨师工作的由衷赞美。

厨师是一个关系千家万户的专业职业。根据有关资料统计，作为全国八大菜系之一的湘菜，在全国一线城市的湘菜网点多达6000多家，全国各地湘菜网点总数则超过万家。德国、美国、日

本、澳大利亚等国也开设了多家湘菜馆，目前从业人员已超过300万，其中被命名为"湘菜大师"的有121人，被命名为"湘菜名师"的有427人。2022年，湘菜相关产业产值突破5000亿元，成为长沙市及湖南省的支柱产业之一。

餤香居餐饮公司总经理夏小虎就是这支湘菜大军中一个杰出人物。"一人巧做千人食，五味调和百味香。"这句话于夏小虎，实至名归。他让吃饭成为一种享受，让各色菜品在舌尖上跳舞。一碗热汤，一抹微笑，满腔真情，不仅温暖了大家的胃，也温暖了大家的心，更是对中国饮食文化的愉快传承。

夏小虎17岁进入长沙市商业技工学校学习烹饪，19岁参加餐饮工作，在餐饮行业摸爬滚打了整整35年。从实习生起步，他先后担任过厨师班长、厨师长、餐饮部经理、行政总厨、饭店副经理和总经理。2019年，他与朋友、徒弟共同投资成立了餤香居酒楼，他担任董事长兼总经理。

如今的夏小虎，踌躇满志，决心传承餤香居酒楼一百多年沉淀的饮食文化，将全部精力献给餤香居酒楼，做一辈子餐饮事业。

三代同是餐饮人

夏小虎出生于1970年，母亲是长沙市的一名知识青年，20世纪60年代中后期被下放到江永县农村插队落户，后又转到望城县霞凝乡（现新港镇）务农，在艰苦中度过了青春岁月，并与当地一位农民结婚，还孕育了子女。1979年，落实知青政策，母亲才带着一双儿女回到长沙市。

知青返城潮让年岁大、有儿女的母亲很难找到工作，家里一下增加三口人，连住的地方都没有，全家面临着生活的重重压力。夏小虎的外公在市二饮食公司下属的一家饮食店工作，所幸当时有"子女可以顶父母职"的政策，为了女儿一家能够立业安身，外公提前退了休，让女儿顶了自己的职。从那以后，母亲就在饮食店上班，全家的生活才有了基本保障。

饮食公司为了照顾他们，同意他们在饮食店后面的阁楼上安家。这是一个什么样的家啊？四周全是木板，夏天热得像蒸笼，冬天北风呼呼地从木板缝中刮进来。母亲是普工，每月工资只有29.50元，一家人要生活，要交孩子的学费，而父亲还在农村，又根本无力帮助他们，生活何等艰难。

1986年，父亲设法来到城里，在居委会的帮助下才找到一份打扫卫生的临时工作（门前三包），工资虽少，但一家人总算在一起了。

在这困难家境中长大的夏小虎，从小就尝到了生活的酸甜苦辣，体会到了生活的不易与艰辛，他只想早点参加工作，减轻家里的负担，让父母亲日子过得好些。他从小在外公和母亲的耳濡目染下，对餐饮行业产生了兴趣。初中毕业时他毅然选择报考了长沙市商业技工学校烹饪专业。这样，夏小虎一家三代都成了餐饮人。

情系技校永难忘

1987年，夏小虎考入了长沙市商业技工学校学习烹饪，被编入烹饪

（九）班。入校不久，班主任便了解到夏小虎出身贫寒，学烹饪就是把厨师当作将来在社会上安身立命的终身职业。据陈老师回忆，夏小虎从进校起，一直很自律，协助老师做过许多工作，非常遵守课堂纪律，更是刻苦钻研操作技术，是一个让老师非常放心的学生。陈老师还告诉我，夏小虎成绩非常优秀，操作成绩全班第一，理论成绩全班第三，是个品学技术兼优的学生。

学习烹饪不能纯上理论课，"黑板＋粉笔"是炒不出菜肴的，学生必须熟练掌握磨刀、翻锅、刀功、刀法、配菜这些基本技能后才能制作菜肴。担任烹饪（九）班烹调技术课和实操指导课的教师邓志明发现夏小虎在实操中勤奋肯干、不怕苦、不嫌累，课后还经常提出问题，内心对他很有好感，认定他是学厨师的好苗子。得知他的家庭情况后，邓老师心生怜悯，便收他为徒弟，身传口授自己的烹饪经验。在邓老师的耐心指导下，夏小虎专业技能进步很快，他的各项基本功技术在全班总是出类拔萃。

邓老师的妻子在黄泥街开了一家饭店——雅美菜馆，邓老师便安排夏小虎利用课余时间和节假日到菜馆练习杀鸡、剖鱼、刮猪肚……让他熟练掌握这些厨师必备的技能。冬天下雪结冰干这些活是相当辛苦的，手冻得开裂流血；夏天站在火炉边炒菜，热浪滚滚，但夏小虎没有退缩，没有叫苦，依旧坚持，从未间断。有些烹调方法，如拔丝，在校练习时只能制作一次，不容易掌握火候，邓老师就让他在菜馆里反复练习，直至完全掌握。

就这样，夏小虎快步踏进了厨师门槛。回忆在技校的学习经历，夏小虎对邓志明老师总是感激不尽，认定邓老师是自己的启蒙恩师。在雅美菜馆做事期间，他逐渐有了个想法，今后一定要有属于自己的餐饮品牌。

2019年，在夏小虎等人的提议下，学生们组建了一个学友微信群，取名为窑坡山。因为当年的商业技校就建在窑坡山，他们在这里度过了两年青春年华，在这里学会了烹调的各项技能，从这里走向社会开始厨师生涯。他们对窑坡山的一草一木、一砖一瓦，对技校每个老师和每名同学都充满了情感和思念，虽离别了30年，仍情系窑坡山。2021年父亲节这天，夏小虎与同学们在飿香居餐饮公司博物馆店举行了热烈的庆祝活动，特意邀请了原商业技校校长、班主任和任课老师。事后夏小虎的同班同学万明在群里发了一条很长的微信，末尾写道："……今日师生相见欢乐，先生们给我们的激扬鼓励，是我们未来生活与工作的动力，也是我们将取得成绩的源泉，希望同学们能携手共进，在师长们的祝福下，共创辉煌！"这也正是夏小虎的心声。

厨师技艺无止境

技校学制两年，最后一个学期是去饭店实习，让学生亲身接触餐饮行业，适应未来的厨师工作。在班主任陈弘和师傅邓志明的安排下，夏小虎去了湖南省委接待处旗下的蓉园宾馆实习。这段实习经历对夏小虎从事餐饮工作起到了指引性作用，在这里他受到了湘菜教父石萌祥和湘菜大师聂厚忠、韩玉田的亲自指点，感受到了湘菜文化的博大精深，了解了当一名合格厨师的要求。由于他工作刻苦肯干、任劳任怨，实习期间受到蓉国宾馆厨师们的一致赞扬，他们都乐意向他传授烹饪技艺，夏小虎收获满满，为今后从事餐饮工作打下了坚实基础。

1989年金桂飘香时节，夏小虎从商业技校毕业被择优分配到刚开业的楚云饭店上班，从此开始了他的餐饮职业生涯。开始他只是一名极普通的厨师，做一些杂事，但他工作态度认真负责，很快就被安排上灶炒菜。他炒出的菜受到客人的好评，不久便被提升为厨师班长，后又担任了厨师长，负责监督厨房出菜的质量。

1992年，湖南省机械工业供销总公司在伍家岭新建了一家宾馆，急需熟悉餐饮工作的人才，便想方设法把夏小虎"挖"了过去，他被任命为宾馆餐饮部经理，肩上的担子更重了。1994年，当时社会上兴起办厨校之风，在启蒙师傅邓志明介绍下他去了中山厨校当老师。厨校学员中不少人比他的年纪大，开始有些怀疑这个年轻老师的本事。夏小虎一手熟练的热菜操作，看得学员眼花缭乱，很快取得了学员的信任和爱戴。从此，夏小虎声名大振，不少厨校都请他去上课。三年厨校的教学实践不仅锻炼了他的口才，提高了他的社交能力，而且促进了他对烹调技艺的进一步钻研。

1997年应深圳湘全大酒楼聘请，夏小虎辞去了厨校教师职务，去了深圳。这给了他一次学习粤菜的好机会。在工作中他有意把湘菜与粤菜融合在一起，形成了自己的独特的烹调风格。

2001年，为了传播湘菜，夏小虎去了新加坡，在同乐集团"老北京食堂"任厨师长。后来他回到国内去了成都湘源餐饮有限公司担任行政总厨、总经理，这再次给他全面了解中国第一菜系——川菜的绝好机会。

毛家饭店原来开在韶山毛主席故居对面，创始人汤瑞仁曾被毛主席接见过，后来她以毛主席生前爱吃的家常菜为主打菜，开办了这家饭店，很快赢得了全国各地旅游者的交口称赞。她本人也曾荣获"中华杰出创业女性""全国爱国拥军模范""终身成就奖"等荣誉，在全国餐饮界有很高的知名度。2005年，毛家饭店在北京西大望路开了一家新店，夏小虎被聘为副经理兼行政总厨，这让他有机会接触到了鲁菜。在北京期间由于工作出色，2009年夏小虎被提拔为韶山毛家饭店发展有限公司副总经理，负责管理运营。刚接手时，账上没有流动资金，负债九十多万，还有许多官司缠身。他利用自己走南闯北积累的工作经验，很快打开局面，当年就实现了盈利，第二年又取得了骄人的业绩。在此期间，他感到了自己文化底子薄弱，需要充电提高，于是在百忙之中刻苦学习，终于通过了旅游酒店管理大专和行政管理本科的自学考试，成为餐饮业不多的高文化素质经营人才。

从事餐饮工作以来，夏小虎不放过向同行学习和与同行交流的机会，参加过许多烹饪大赛。他制作的"锦上添花""红梅虾饼""金鱼戏莲"等菜品，获得过金奖和银奖，他被中国烹饪协会、湖南湘菜产业促进会、中华美食药膳杂志分别授予了"中国烹饪名师""湘菜大师""湘菜杰出经理""中华美食药膳风云人物""改革开放40年湘菜发展30年突出贡献奖"等荣誉称号。他烹制的毛氏红烧肉，还被中央电视台拍成了专题片播放，成为湘菜新的经典。他现在是中式烹调高级技师、中式烹调师鉴定专家委员会委员，事迹入选了《湖南省烹饪人物志》。他带出来的四十多名徒弟，早已遍布三湘四水，展翅腾飞，为传播湘菜、促进湘菜、做出了贡献。

尽管在餐饮事业中取得了如此成就，但夏小虎总觉得自己一直是为他人打工，在技校就有的属于自己的餐饮品牌梦依然没有实现，他总想拥有一番属于自己的事业。于是他向总经理提出了辞职，总经理百思不得其解，苦苦挽留。这时正好有一家叫柴火鱼的中型餐饮店经营困难，准备转让。他认为这是一次创业的机会，特意去考察了一番。看了以后觉得这家餐饮店并不是自己心目中的品牌店，便放弃了。但到底想做什么样品牌的餐饮店呢？夏小虎苦思冥想也没有结果，便去请教餐饮界前辈，如长沙市餐饮行业协会会长刘国初、湘菜泰斗王墨泉、自己的启蒙师傅邓志明等人，集思广益，他最终决定投资重建饫香居。

倾力重建饫香居

饫香居酒家始创于清咸丰年间（1851—1861），与省城长沙的式宴堂、旨阶堂、菜根香等10家餐馆，被誉为餐馆"十柱"。到民国中期饫香居仍是长沙有名的餐饮店铺。

1938年，著名剧作家、《义勇军进行曲》的歌词作者田汉回长沙从事抗日戏剧活动时，饫香居是他经常光顾的餐馆，他挥毫写下《题饫香居酒家》对联："问饫不知何物是，闻香且到此间来。"1938年11月长沙文夕大火后，饫香居停业，直至1945年8月抗日战争胜利后才复业。1949年后，饫香居经历私营、公私合营、国营、民营等阶段，店址也曾迁往黄兴中路、先锋厅、建湘北路等处。几度风雨，几经春秋，饴香居渐渐淡出了消费者的视线，销声匿迹了。

饴香居承载了一百多年的历史，有着深厚的文化底蕴，夏小虎认为这才是自己应该追求的品牌。于是他把多年打工拼搏积累的钱拿出来，还把自家房屋向银行做抵押进行贷款，邀请了两个朋友一道重建饴香居酒家。为了重现当年的历史，他特意在深圳请来设计师。经过大半年时间的装修，共投资近五百万，终于恢复了饴香居古色古香的历史旧貌，再配上现代生活的新元素，2020年元旦在省博物馆对面开张了。店里的招牌菜除了传统的红煨双鸽、全家福、锅巴海参、虎皮扣肉、干烧活桂鱼等外，夏小虎与厨师又新增加了毛氏红烧肉、生态甲鱼、松香油爆罗氏虾等品种，把粤、川、鲁菜系的精华融入了湘菜之中。

夏小虎明白光有招牌菜远远不够，还必须传承饴香居的菜肴制作中的方式方法，这样店铺才能有生命力，才能让历史老店重新焕发青春风采。

在菜肴制作过程中他不用半成品，所有食材都自己加工。尽管这种传统做法需要人工多，增加成本，但他一直在坚持。所有菜肴都是用古法熬汤烹制的，不放味精、鸡精，保持原汁原味。厨房用水也全部进行了净化处理，可以直接饮用。烹饪所用食材都是定点采购，无污染，以保证食品安全。他始终坚持一个理念：餐饮是一个良心事业，制作好的菜品如果自己都不敢吃，那就绝不能给顾客吃。正因为他坚持传承古训古法制作菜肴，尽管饴香居人均消费并不低，但开张后每天顾客盈门，受到消费者的一致好评，名气越来越大。眼见店里生意兴隆，自己梦想成真，夏小虎心中充满了喜悦和憧憬，他计划在河西观沙岭再开一家馫香居酒楼。

现在夏小虎与合伙人又在河西观沙岭投资800万，正在抓紧筹建一家新店，估计不久就可以开张。他决心从美食入手，发展商圈经济、网红经济、夜经济，把餐饮业作为自己的奋斗事业去做，并且要做一辈子。

中国女子书画院院长郭晶：
巾帼画魂

● 涉江红帆

当代画家，中国女子书画院院长、中国国画家协会理事、中国美术艺术家协会理事、美国书画艺术研究院客座教授、美国西肯塔基大学孔子学院特聘艺术家、中央新影制作中心策划编导、中央数字电视台《经济与法律》栏目导演、中国和谐书画院副院长、全球华人祖国和平统一促进会副会长、世界华人实力书画家协会副主席、沈阳市书法家协会会员——郭晶女士。

郭晶从一个爱好画画的小女孩成长

为国内外著名的书画家，她走过了一段怎样的艰难历程，有过什么样的传奇故事？笔者借助一根细长的网线，把郭晶的故事如她手中的画卷徐徐展开——

播种梦想

梦想是一朵绚烂的长开不败的春花，婀娜多姿，随风婆娑起舞；梦想是一眼长流不息的泉水，纯洁又清澈，浇出生命的苗，结出生命的果。

梦想是郭晶儿时用粉笔画在地板上的一幅幅栩栩如生的小人画。

郭晶祖籍山东蓬莱，出生在辽宁沈阳，自小酷爱书画艺术。小时候家里有两个弟弟，为了哄他们玩，郭晶就给他们画小人画，在父母上班的时候用粉笔在地上画图画。

她天性爱画画。她的画板是她家的地面，当时她家住在沈阳的哈尔滨大楼，地面是水泥的，每天妈妈下班回家都能看到地上她的作品，妈妈管叫她小马良。

她父亲看她特别喜欢书画、有绘画的天赋，就给她找老师指导，郭晶便如饥似渴地向老师学习。

郭晶画什么都很鲜活，后来上小学时赶上了"文化大革命"，这期间，没有人教她画画，她只能自己摸索。这期间郭晶把画画当作一种兴趣。当时没有画册，没有专业学习的环境，所以，大自然、生活就成了她绘画的标本。

她的绘画生涯是从感悟生活开始的：她认真观察生活，爱画那些让自己感动和喜欢的人与物，这已经成了郭晶生活中的一种习惯。她静静地感受身边的美，再用笔墨把这份感受表达出来。

郭晶在校期间学习成绩一直名列前茅，最终以优异的成绩考取了沈阳财经学院，毕业后做了十几年财务工作和其他工作。虽然做着与兴趣不同的工作，但是这些工作都与她喜爱的书画艺术有着千丝万缕的联系。

在做财务工作的八年里，她所在的装饰公司里的同事几乎都是鲁美的毕业生，她总是利用工作之余与同事交流绘画艺术，还常常练习速写，她耳濡目染，受益匪浅。

虽然她这期间没有专职画画，但每天都处于书画艺术的氛围里，同事们的作品、他们不同风格的艺术形态对她都有着很大的影响。

1998年，郭晶担任沈阳佳艺影视演员剧团团长，又经历了管理、编剧、导演、演员、舞美等多种角色。她组织策划了各种大型文艺晚会上百场。这段时间她还结识了辽宁著名书画家王乃忠、辽宁国画院院长白燕君等知名画家，在书画艺术上为她打开了一扇窗。

北漂筑梦

有时一幅画会让你记忆一生，一幅画会改变你的一生，也就是在那个时期，郭晶又开始想考美院，只是爱情与现实改变了她的初心，又把她推荐到了另一个艺术天地。

"如果不是和我先生来北京，从事影视演艺工作，我想我会考鲁美的。"郭晶微笑着说。

2003年，郭晶本着对首都的向往，义无反顾地随爱人来到北京。这期间她主要从事影视策划和编导工作，先后被中央电视台新影制作中心、北京随心影视文化公司、世界英才杂志社等单位聘任。

郭晶也非常热爱艺术，她和爱人一起做剧团、演话剧，开始了艺术的职业生涯。郭晶做过演员、导演、策划编导，都做得非常出色。她曾出演和拍摄过多部电影、电视剧，她有着很多艺术成就的光环，也有着许多酷爱画画艺术的感人故事。

郭晶在每一段的经历中都没有丢掉对美术的酷爱。她工作中练速写，演出中画道具。她在拍电影《黄河童谣》时还在剧中有一场画画的戏。她刚画几笔，导演就说："可以了。"她转头对导演说还没画完呢，导演却笑了，这是拍戏，点到为止，她说不行，必须画完。郭晶对画画就是这样痴迷，她的这个爱好总会在不知不觉中融入在每一段生活中。

艺术源于生活，同时生活也创造艺术，文化、内涵、感悟都是一种积淀，厚积才能薄发。

梦想开花

郭晶来到北京后，无论多忙，都没有放弃自己的梦想，而她之所以能潜心于书画创作是因为她遇到了许多让她难忘的人——

"我感谢生命中的每一个遇见，特别是在书画领域引领、指导、鼓励和帮助我的人，有我的恩师杨铭仪、萧宽老师、恒山老师、张绍华老师、白燕君老师，还有我家人的支持和理解，在这里我真诚地感谢他们，是大家的关爱让我成为今天的我，成为真实的我，成为像画一样的我，字如其人，画如其心。"郭晶一脸灿烂地说，如烂漫夏花。

2004年，在北京投身于演艺事业的郭晶实施了一次华丽的转变。

她拜张大千的弟子书画家杨铭仪为师，成为张大千第三代嫡传弟子，开始了她全身心的书画艺术生涯。

相遇是一树一树花开，师生缘分好像天定。

2004年中秋，在北京郡王府举办了《中外名人赏月会》，郭晶的爱人是总导演，郭晶是舞台监督。就在和张金玲老师打完招呼后，她突然发现一个身穿长袍、银发银须、精神矍铄的老人，此人乃艺术大师张大千的弟子杨铭仪，郭晶赶紧迎上去问候老人家。

至此在其他活动也多次遇到杨老，就这样两人热络了起来。

当杨老得知她从小就非常喜欢画画，而且具有艺术天赋时，杨老便欣然收她为徒弟。

杨老对郭晶说："要弘扬中华艺术，要学众家所长，不但要传承本家的艺术，更要学习别人的精彩。"这句话牢牢记在郭晶的心里。

她画的虾是学习白石老人的技法，有时她会把师爷的荷花和白石老人的虾放在一幅画卷上，感觉很美好。她心里想：如果张大千师爷当年能和白石老人合作一幅这样的画卷该是什么样的呢？荷花高洁，虾清澈，素影清风总相合。

郭晶在2004年拜师后从演艺转为绘画，她把生命中的大部分时间和精力放在了职业绘画的生涯上。她潜心学习张大千门派的艺术，同时又融入众多名家的风格技巧。

她孜孜不倦、夜以继日地投身于书画艺术的天地里，她博采众长，也经常向杨老学习，受益斐然。她还创建了中国女子书画院。

郭晶在谈及她创院的经过和初衷时，泪眼迷蒙，让人感动连连。2008年汶川地震，她带领几位书画家一起参加募捐活动，捐款捐画。

这次公益活动，郭晶捐了30幅书画作品及款项。她全身心投入到这些活动中，有时一天要走好多场。那天在中央电视台老故事频道参加活动时，郭晶朗诵了一首诗《母爱的空间》，有感于地震时的一位妈妈为儿子支撑起的生命空间，这个画面一直留在郭晶心里。她流着泪读完这首现场即兴的小诗后，感动了好多人，大家也纷纷流加入了募捐的行列。

郭晶说："女子书画院建立的初衷是在公益奉献的基础上从事艺术工作，十多年过去了，她们也奉行着这一初衷，从不计较个人得失。"郭晶她们把书画交流当作一种快乐，把用艺术服务于人民当作一种义务。在有时间、有能力的时候，她们会尽力用自己的艺术作品为人民服务。

画中圆梦

郭晶认为国画是中华民族的骄傲。每每在画纸上，她都会用粉墨色彩，赋予花鸟虫鱼灵性和灵魂。她觉得一幅好画一定要画出生命感，花有花的气息，鸟有鸟的心语。绘画的时候，她用心灵的感触、用笔尖的流动、用色彩的渲染来完成的是一幅心灵画卷，她的每一幅画都是用心血完成的。她尊重生命，热爱生活，用真善美的心情赋予每幅作品以灵性和灵魂。

2019年4月，郭晶受邀参加纪念张大千100周年书画展，当时在创作作品时她有一种对师爷深深的情感，老师杨铭仪曾对她说过：师爷晚年是很思念祖国的，有时一边画画一边念叨："祖国的山川离不得哟！"郭晶当时耳边响起杨老带着四川口音的这句话，含着眼里湿湿的泪水，创作了《回家》这幅作品。四尺竖幅的画纸上有两只小燕子在天空上飞着，下面是绚丽多彩的牡丹花，富贵的花象征着当今盛世，两只小燕子是象征着心系祖国的游子。

她还画了一幅四尺的牡丹雄鸡图，牡丹在画的偏上方，两只鸡共舞在花间，题跋写的是"一路有你春暖花开"。她当时就是融入"一带一路"这个大历史背景下，绘画出当今世界那种和谐、美好、一路同行、一路繁花的情景。

郭晶在阿尔山写生时，看到了火山爆发后一片废墟上复活的堰松。堰松也叫爬地松，根趴在地上，枝叶却顽强地挺拔着，松枝也开始呈现绿色。郭晶即兴以堰松为主题画了一幅斗方作品——《生命的力量》，来表达她看到堰松顽强的生命力时的那份感动。郭晶仿佛看到了凤凰浴火后的重生，那种对生命的尊重让她至今难忘。总之，郭晶创作每幅画时都会有思想、情感的融入和表达，她说有情感的作品才会有生命的力量。

郭晶不但绘画技艺出色，她的草书更是浑然天成。她的草书受益于艺术家萧宽先生。她对书法的感悟就是：传承、学习、苦练、发扬。她在学习、传承的基础上找到了属于自己的艺术风格，在学习中进步，她的书法和绘画相得益彰，堪称一绝。

在书画艺术里，郭晶已经达到了最高境界，她让自己完全融入书画之中，徜徉在水墨中，成为画中人，与花共舞，与鸟同歌。她寻求画境的鲜活感，不过分拘泥于构图，她在不断探索的过程中逐渐升华。

郭晶经常一画就是一天，非常投入，甚至手磨破了又被墨水染成墨点，她都不知道；什么时候自己的手开始弯曲了，她也不知道；她从来不介意书画生涯带给她的诸多不如意。她绘画时也非常投入，有时家人和她说话，其实她没听清内容，但她习惯了礼貌性地回应。有一次，她爱人说："我把茶水放在你画案左手边了，你的右手是墨水，别喝错了。"她回答："好，谢谢啊！"接着她继续画，结果后来她还是把墨水当茶喝了，真是让人啼笑皆非。

在第三届新媒体节上，郭晶的作品荣获"2010中国最佳创意书画家奖"；在纪念毛泽东诞辰125周年"不忘初心、牢记使命、砥砺前行"书画展上荣获金奖；参加美国同根异彩书画展也获得了多项荣誉称号。还有部分优秀作品被中南海、紫光阁国礼中心、美国西肯塔基大学孔子学院等国内外机构和个人收藏。

郭晶的画里有她的梦，是梦起的地方，也是圆梦的地方。

梦想升华

画家、导演、演员、制片人、主持人，郭晶是融多种身份为一体的艺术家，她时刻不忘社会义务和责任，在公益活动中展示着美丽风采。

郭晶的爱人的篆书写得非常棒，儿子在书画上也很用功，就连小孙女、小孙子也是一岁就开始用毛笔涂鸦，还有模有样的。她的家庭很和谐，儿子、儿媳妇、弟子都与她有着母子和师徒的双重感情，他们的生活和兴趣相辅相成，家里的支出很多都是花在绘画成本上，常常为了买好的纸墨一掷千金。"贫穷富贵总有时，不离不弃每一天。"这是优秀家庭的写照，更是郭晶一家的心语。所以，人生路上风雨再多，家庭就是彼此避风的港湾，郭晶一家一直互相鼓励，互相支持。艺术之家，其乐融融。

这个艺术之家，总是一起参加公益活动。

2008年5月12日汶川大地震，郭晶带领一群书画家参加赈灾活动，她带头捐赠了价值30万的书画作品，其中她的作品《聚仙图》以6500元被收藏，她全额捐出，并挥笔赋诗《天堂的列车》。2014年，中国妇联、妇女发展基金会在北京国石艺术馆组办的"情系鲁甸，水墨传情"公益活动，郭晶带着爱人、儿子，还有几位书画家一起参加，他们一家还一起完成了一幅作品。

2016年《孝心春晚》，郭晶的爱人是晚会总导演，儿子、儿媳还有她一起表演了非常感人的小品《生日》。春晚组委会评选了10位好母亲，郭晶被授予了"中国好母亲"荣誉称号。

虽然郭晶只生了一个儿子，但她有好多干儿子，儿子的朋友们也喜欢叫她一声"妈妈"，苏丹与潘敏就是其中两位。

2011年中秋，郭晶与江苏常州晚报、社区领导、常州金海岸的演员们共同满足了10户百姓心愿。当时正在武警部队服役的干儿子也帮她一起为10户家庭送爱心，送上了他们的心愿物品。

2017年，郭晶和成都的徒弟王晓军、尹兰、张莉、于子峰、琼英卓玛夫妇、潘敏，还有白广忠、高尚民一起在母亲节去彭州福利院看望地震后的伤残人员，她的徒弟们也和潘敏一样叫她妈妈。正是郭晶这位好妈妈培育了这么多好儿女，因而她被称为"中国好母亲"。

　　郭晶不但是出色的书画家，而且是一个文学家，她的文笔非常好。2021年，她为涉江红帆的散文诗集《春天的微笑》撰写了近四千字的序，大家都非常喜欢她的文字。

　　为了更好地传承书画艺术和弘扬华夏文明，郭晶还花费大量时间与精力建立中国女子书画院并亲临各地指导，分院如一朵朵艺术小花在全国各地绽放，芬芳了神州大地：有中国女子书画院成都分院、中国女子书画院抚顺分院、中国女子书画院清原分院、中国女子书画院石家庄分院、中国女子书画院铁岭分院、中国女子书画院雄安分院、中国女子书画院绵阳分院、中国女子书画院溆浦分院、中国女子书画院齐齐哈尔分院等分院。

　　郭晶一直大爱盈怀。她明白：少年强则国强，文化兴则国家兴。为了更好地引领少年儿童学习和热爱书画的新时代风尚，激发广大少年儿童书画爱好者的爱国情怀、道德情操和艺术修养，2022年郭晶和中国女子书画院抚顺分院、抚顺市政府文化旅游发展促进中心携手举办"抚顺市首届少年儿童书画展"，经过几个月的精心筹备，终于在"六一"儿童节期间拉开了帷幕。

　　"希望你们为祖国的繁荣昌盛，为文化的传承发展，努力拼搏，用你们的忠诚、智慧，用你们的艺术才华书写大美的中华文化史册的壮丽辉煌。"这是郭晶给参展孩子们的寄语，也是她红色情怀的具体体现。

湖南读书会大学生部的孩子们与全国各地爱好文学的朋友们也常常沐浴着郭晶播撒的阳光与雨露。郭晶每年都会给大学生部的文化志愿者赠送作品以示鼓励，她曾经两届赞助和支持湖南读书会的全国征文比赛。

郭晶多次参加公益捐助活动，多次荣获"公益形象大使"称号，在国际诚信节上，还被授予"诚信艺术家"称号。

郭晶，不愧为"巾帼画魂"。

湖南读书会志愿者肖丹华：
光影交织下的璀璨人生

● 朱梦斯

　　他肩挑日月，是湖南电网大动脉的守护者；他孜孜不倦，是行业开疆拓土的践行者；他不负热爱，是用光影记录美好事物的追光者；他无私奉献，是默默为公益事业添砖加瓦的建设者。他就是以奋斗诠释责任担当，用奉献书写不凡篇章的中国共产党党员、湖南读书会榜样文化研发部副部长以及中国女子书画院青年艺术部执行部长肖丹华。

循梦而行，向阳而生

1986年11月，肖丹华出生于江西吉安的一个小山村，他的家乡靠近革命圣地井冈山，从出生起他就带着红色革命底色，从小便是听着革命战士的事迹成长起来的。耳濡目染之下，小小年纪的肖丹华便已经明白何为善、何为义、何为道。

小学一年级到三年级，肖丹华就读于离家不远的小学，后来因为成绩突出，他被选拔到镇中心小学就读。这所小学距离他家有十几里地，像之前一样住在家里已经不合适，为了学习，小小年纪的他只能选择住在学校，每个周末回家就备好下一周需要的米和菜，然后背着走十几里山路到达学校。即使上学条件异常艰难也没有难倒肖丹华，在镇里读小学和初中期间，他一直是班里的学习委员，参加的数学、物理、作文等竞赛都获得了一等奖，多次被学校当作典型，鼓励学生们向他学习。这条山路一走就是六年，路上的每一块石头、每一棵树木他都了如指掌。就这样他一路走到了江西省重点高中泰和中学的尖子生班，进了尖子生班离自己读大学的梦想又近了一步，但并不意味着一只脚踏入了大学校门，他一如既往地脚踏实地刻苦学习，坚定地朝着自己的目标走去。

2004年，肖丹华以优异的成绩考上了重庆大学数理学院电子信息与科学技术系。在读大学期间他不驰于空想，不骛于虚声，积极参加各种社会实践和学校活动。2005年他因为成绩优异、表现突出，获得学校、国家奖学金和全额免除学费的资格。在课余时间他爱上了长跑，2007年参加重庆大学校运会5000米竞赛，获得了第七名的好成绩。长跑是一项考验毅力和耐力的运动，通过长跑，肖丹华磨炼了自己的意志，他懂得"靡不有初，鲜克有终"的深刻内涵。行百里者半九十，行至终点相当不容易，也正因如此，才让坚持到底显得更为可贵。他始终怀着初心，勇敢前行，如火炬照彻黑暗，在平凡的生活中，一步步走向梦想的远方。

芳华待灼，砥砺深耕

2008年，即将大学毕业之际，肖丹华出于自己的兴趣爱好和现实情况考虑，做了一个大胆的决定，跨专业考研。从头开始学习一门新专业难度非常大，但是聪慧如他，睿智如他，通过努力学习最终他如愿考取重庆大学电气工程学院高电压与绝缘技术系输配电装备及系统安全与新技术国家重点实验室的硕士研究生，师从输电线路覆冰知名专家蒋兴良教授。

肖丹华选择的这条路注定是孤独而艰难的。大气覆冰是电网、风机、飞机等安全的严重威胁，冰灾防御是极具挑战性的国际难题，国内高校研究的科研人员少之又少，只能从国外文献中获取相关的数据信息。然而追求极致是一条心无旁骛的道路，也是一场孤独且单调的长途旅行，唯有全神贯注、全力以赴，才能耐得住寂寞、守得住心智、把握好方向。一朝一夕不可能练就巅峰技术，只有日复一日地锻打、持续不断地钻研，才能成就绝活儿。

在理论学习上他像一块海绵一样不断汲取知识的营养液，打牢自己的专业知识架构，在国家核心刊物《高电压技术》上发表论文《基于界面移动理论的导线覆冰过程分析》，所撰写的硕士研究生毕业论文《基于多相流理论的导线覆冰过程研究》也得到了众多同行的引用和借鉴。

在实践学习中他深知不仅要读万卷书，还要行万里路；他不畏艰难险阻，深入一线进行专业实践研究。在读研期间，他跟随导师在湖南怀化雪峰山顶上从零开始参与建立雪峰山能源装备安全教育部野外科学观测研究站。读研期间，每年冬天，都要提前进入研究站准备覆冰试验，获取大量原始试验数据，一待就是一个多月。那时雪峰山山顶交通不便，吃喝只能靠人力背着上山，研究条件极其艰苦。

坚持不懈的人，心如一方磐石，孜孜不倦；目如一泓古井，深湛澄静，最终会酿出酒醇花浓的圆满。经过多年发展，研究站已发展成为重庆市、教育部和国家野外科学观测研究站，研究站每年都在产出大量原始数据，为高海拔电气绝缘与防冰减灾的科学技术进步与发展做出了极大贡献。

初心如磐，奋楫笃行

2011年毕业后，肖丹华进入湖南省电力公司超高压管理局工作。2012年，因为属地化管理政策，位于广东省博罗县的500kV鹅城换流站从南方电网划归湖南电力接管，每一个平凡的奋斗者，都是卓越的追梦人，他毅然报名前往进行支援一年。

双肩如铁，才能力扛千钧；初心笃定，才能行稳致远；坚持不懈，定有回响。500kV鹅城换流站是三峡——广东直流输电工程（±500千伏江城直流）受端换流站，是国家向广东输送三峡清洁电能的"西电东送"战略部署重点工程。同时，作为国网与南网的重要电力枢纽，鹅城换流站对"两网"互联消纳具有重要意义。他作为湖南省电力公司第一批前往支援学习的人员，努力学习换流站知识，并与同事交流技术及管理相关知识。一年的支援学习后，500kV鹅城换流站也在"辣椒与早茶"的文化交融中顺利成为湖南电网的一部分，并持续安全稳定运行，输送着三峡的清洁水电。

只有激情奋斗的青春，只有顽强拼搏的青春，只有为人民做出奉献的青春，才会留下充实、温暖、持久、无悔的回忆。肖丹华立足岗位，爱岗敬业，他的青春在鹅城换流站发挥出最耀眼的光芒。

2013年，肖丹华结束支援工作回到长沙，开始负责湖南湘南（郴州、永州）地区500kV变电站的运维管理工作。

500kV变电站作为湖南电网的主要架构，汇集了来自若干发电厂的主干线路，并与电力网中的若干关键点连接，同时还与下一级电压的电力网相连接，对电力能源进行转换、传输以及分配。因此，500kV变电站出现运行故障时，便会导致当地整个电力系统受到影响，严重时甚至会导致危及人身、电网和设备的重大事故，造成重要负荷停电，引起重大经济损失。工作十余年来，他负责了湘南地区500kV变电站近万项操作，500kV主变扩建，500kV、220kV多条线路间隔，500kV直流融冰系统的扩建工程验收并成功投产。

在我国有这样一群人，他们上得了高山、咽得下风霜、扛得起重担，他们有着山高水远的激情、敢让黑夜换白昼的勇气和决心，他们固守一方，奉献一生，默默地守着国家的能源大动脉，为亿万民众送去光明。正如普列汉诺夫所说："船锚是不怕埋没自己的，当人们看不见它的时候，正是它在为人类奉献的时候。"肖丹华也是其中默默耕耘的一员。

变电站的运维管理工作繁琐而紧张，一年365天24小时都需要待命，工作从来不分昼夜。没有华丽的外表，却有顽强拼搏的劲头；没有惊天动地的举动，却有默默无闻的奉献。作为一名共产党员，在十几年守护电网安全的征程中，肖丹华像种子一样扎根变电运维管理第一线，哪里有急难险重任务，哪里就有他的身影。

设备随时都有紧急情况发生，当大家都享受着节假日的欢愉时，反而是他是最紧张忙碌的时候，在最繁忙的春季和秋季，连续通宵达旦地工作基本上是常态，他必须保证所有设备的稳定运行，确保人民都能安心用上电。在工作现场过年过节已是家常便饭，上班的十几年里，陪伴家人的时间少之又少，他自己也对家庭充满了愧疚。

奉献没有重量，却可以让人看见泰山之重；奉献没有标价，却可以让人感受到心灵的高贵；奉献没有体积，却可以让人情绪高昂。爱岗奉献可以是一个惊天壮举，也可以是一桩桩平凡小事。于肖丹华而言，工作不仅仅是一份工作，更是一份责任与担当。

光而不耀，静水流深

在读研期间，肖丹华开始爱上电影、痴迷电影，课余时间也开始研究电影。优秀的人总是事事都能做到优秀，作为一项爱好，肖丹华也把对光影的热爱做到了极致。他成为学校论坛电影板块负责人,主理学校逸夫楼影院,策划开展独立电影放映近百场。同时也积极与其他兄弟院校电影社群交流合作。他作为发起人主办的重庆市大学生电影节,大获成功。

在心里种花,人生才不会荒芜。读研期间,肖丹华还成为重庆大学心理咨询中心老师的助教,配合老师负责接待全校有心理问题需要咨询的同学,并成为重庆大学心理学报主编,负责编辑并审核内容,联系印刷厂印制。学报成为全校师生不可或缺的读物。他在自己心里种下的花最终芳香了整个世界。

即使工作繁忙,他也会抽出时间自学摄影与视频剪辑、自媒体运营等新知识。心怀美才能发现美,他镜头下的人物鲜活生动、景色美不胜收,城市让他拍出了静谧空灵,人间让他拍出了烟火温情,他的摄影作品发布在各个平台上,深受大家的喜爱。

2021年底他加入湖南读书会志愿者行列,利用空闲时间,发挥自己的特长,编辑湖南读书会名人汇多篇公众号文章,一边工作一边践行公益。在湖南读书会做志愿者期间,他完成了《沿着榜样奋斗的足迹,一路前行》《让阳光荡漾成海,让书香蔓延成春》《您是我永远不眠的暖》《借一枝春,婉约一卷如禅的光阴》《千水冰晶——书画家郭晶》《感知书画家王诚》《绽放在骨子里的芬芳》等视频的拍摄与剪辑;编导的微电影《红帆船》在网络发布,得到观众的一致好评。

2022年4月至5月,被评为湖南读书会"抗疫公益文艺之星";2022年6月,被评为"推广全民禁毒公益之星";2022年12月,被聘为湖南读书会榜样文化研发部副部长以及中国女子书画院青年艺术部执行部长；2022年、2023年入选湖南读书会最美志愿者。

　　无须仗剑天涯，亦无须叱咤一方，将平常的日子过得诗情画意，何尝不是一种英雄？正如王尔德所说："生活就是你的艺术，你把自己谱成乐曲，你的光阴就是十四行诗。"王小波也说："一个人只拥有此生此世是不够的，他还应该拥有诗意的世界。"从小到大肖丹华都是学习上的佼佼者，但是聪颖、善良的他从不满足现状，一直在尽可能地挖掘自己的潜力和各种可能，勤奋工作，不负热爱，践行公益，相信追光的人，终会光芒万丈。

湖南读书会"最美志愿者"方展开：
用奉献书写无悔

● 刘 莹

她是湖南岳阳的一位老师，也是湖南读书会外联部部长；她是无私奉献、推广宣传华夏灿烂文化的宣传员，也是优秀的文化志愿者；她是根正苗红的"红三代"，是开国将军方强的孙女，也是湖南读书会的榜样人物；她是湖南读书会文学微刊副总监，也是湖南岳阳造纸厂学校的爱心教育工作者。她是全国"最美红三代"，也是一位如紫罗兰一样芬芳四溢的知性女士。

年近七十岁的方展开将奉献精神刻

到了骨子里。

2016年到2023年，她连续8年被湖南读书会评选为"最美志愿者"；2019年，在中央电视台电视节目基地北京星光影视园举办的2019年中国书画春晚榜样大拜年活动中，她荣获"中国书画春晚榜样拜年贡献奖"。

她，如静静的紫罗兰，在岁月的栅栏上低语着心底的一片细腻温情，在不知疲倦地虔诚吟唱着爱的奉献，随着流年的柔风，盛开成一首时光里最清香的诗。这是时光深处最美的印记，这是记忆的画屏里永远的花香满径。

"谁把荣誉让别人？""我愿意！"

方展开于1952年出生在湖南平江，她的到来给家庭增添了许多温馨与快乐，从此人世间便增添了一抹瑰丽的色彩。

方展开从牙牙学语到长大成人，一直聆听着爷爷方强将军的长征故事，因而红色种子、奉献精神在她的心中生根、发芽、开花、结果；红色大爱情怀在她的脑海里落下了深深的印记。

方展开在被红色氛围包围的同时，发奋学习，成绩一直名列前茅，深受家人、同学与老师的喜爱。参加工作后，她爱护学生，团结同事，尊敬领导，工作兢兢业业，常创佳绩，深受大家的赞赏。

方展开言行一致，常常把荣誉与好处让给别人。年轻时学校评职称，优秀的教师特别多，方展开各方面都是最突出的，可评职称的指标只有那么几个，领导很为难。每一年方展开总是解决领导这个难题："我愿意把评职称的指标让出来！"因为她的一让再让……退休后，她因为职称最低，在全校老师中工资也最低，可她从不在乎。

她常说，工资这些实质性的东西自己不在乎，文字报道更不在乎；她不希望作者因为写她浪费时间，伤脑细胞……

这就是方展开，一个只知道奉献不求回报的人，一位兢兢业业、淡泊名利的女性。

"我们需要志愿者！""我报名！"

方展开德艺双馨，时刻光彩照人。无论在单位，还是家里，她都是最先站起来奉献自己光和热的人。

"湖南读书会需要志愿者！每天编辑、推广宣传孩子们的作品。"方展开知道后，毫不犹豫地报了名。推广宣传全国书画艺术家，她也积极报名，参与推广宣传！她还专门申请了一个名为"湖南读书会志愿者"的网站，她一有空就推广优秀书画家的书画与阳光事迹，传承华夏文明。

方展开——这一袭如玉女子，以梅的冰洁与紫罗兰的清香，悄然立于众人眸底的想象中，"读书会""书画院"等众多平台源源不断的散发着芬芳，在她疲惫带笑的倦容里，在她长满老茧的指尖，一次又一次绽放……

从她编辑的一篇篇美文里，我们可以领略祖国的大好河山，可以欣赏祖国的瑰宝——成千上万的艺术家的传奇。巾帼画魂郭晶、书法家萧宽、书画家王诚、阿勇等人栩栩如生的艺术作品与优秀事迹如灿烂夏花在我们眼前绽放……

方展开不仅是爱心大使、最美志愿者,几十年如一日,她为他人作嫁衣,唯独没有他自己;而且是一位出色的伯乐:她接二连三地推荐爱心充盈的慈善人士与文化志愿者,支持、赞助出版榜样人物书籍,帮助湖南读书会吸纳新鲜血液。

她的世界总是盛放着一树绿叶勃然,她的身上总是绽放着一束温暖的光。家境拮据的她,为孩子们的茁壮成长送去温暖、呵护与不竭的动力。

从此,湖南读书会《小作家微刊》《名人汇》等星光璀璨,她甜甜欣慰的笑容里,包含着数不尽的辛酸、执著与满头霜花。

年过七旬的她颠簸上百里山路的真诚,为弱势群体送去礼物与问候,为留守老人与儿童送去春芽再生的温暖……

方展开连续十年为50位艺术家义务宣传,为艺术家做嫁衣,不知疲倦地弘扬、传承国学艺术。她柔弱的双肩担起日重的道义,她用一怀红色大爱弹响相濡以沫与正能量的篇章。

她住院手术期间,也在为莘莘学子编审作品,留言鼓励。孩子们进步欢快的笑声,再次唤醒她贫瘠的快乐,中国女子书画院与湖南读书会感动的热泪焐热了她明眸的娇艳。

为了让湖南读书会不断吸纳新鲜血液,方展开还不厌其烦地推荐爱心志愿者:阿勇、郭晶、万辉华、胡佳丽、何志贤等大批优秀人士为湖南读书会做出奉献。

从此,《湖南读书会微刊》签约小作家与大作家;湖南读书会的榜样人物、湖南读书会的爱心志愿者此起彼伏,如星光一样璀璨……

方展开看到这凝聚着自己血汗的一切,灿烂地笑了!可谁知道,方展开这甜甜欣慰的笑容里,融入了她与湖南读书会志愿者数不尽的辛酸与执着。

"传承红色文化!""这是我的最爱!"

含香淡紫向天歌,兰韵悠扬载美德。

方展开的父母、兄妹以及子孙们一代一代传承着方强将军的优良品德,弘扬着祖国的红色文化,使红色精神永驻心海。

她常常组织文化志愿者朗诵与表演毛泽东等老一辈无产阶级革命家的感人事迹,瞻仰革命先烈,给烈士扫墓,在烈士墓前献花,组织各种红色活动,深得大家喜欢,文化志愿者们都受益匪浅。

2020年7月17日,年近七十岁的方展开自费组织文化志愿者驱车数百里到袁太安烈士陵园缅怀瞻仰,开展学史明理、学史增信、学史崇德、学史力行的庆党活动,弘扬先烈的革命精神,缅怀先烈的丰功伟绩。这次鲜花献英灵、哀思祭忠魂的活动,意义非凡,非常让人感动。

一位北京的老书画家告诉记者:"人们一谈到方展开,俨然是一位正直、善良之人的高大形象矗立眼前;就像一块在泥土中浑身发光发热的金子,闪耀光芒;就像花丛中一朵香气扑鼻、沁人心脾的紫罗兰,温馨四季;她是一个人格大写的人。向方展开学习致敬!"

确实,方展开就是这样一位优秀的文化志愿者。几多风雨,几多欢笑，几多心血与汗水的付出，几多红色之花的层层叠加，在方展开老师热爱的公益事业里、在寒来暑往里，更迭成一幅又一幅篆刻与暖人的温情画卷。在流年的枝头不时让人翻放又收藏，悄然给人间轻送一缕又一缕暗香。

湖南读书会副会长向晓金：
抒写深情的女作家

● 魏乃昌

"车如流水马如龙，花月正春风。"这是南唐后主李煜的梦，更是所有期盼天下太平盛世人的梦。这多彩的梦婉约如一位知性的江南女子，行走在春的山水之间，带着春的芬芳气息，期盼与你执手春天。

在湖南、在溆水河畔，就有这样一位女子，用五千年风化的文字镶列曲涧流水、苍狗白云、深林鸣幽的美感，在文学的广袤原野里，在水墨飘香的湘楚大地上，怀揣春天，用文字抒写深情，

用阳光装点周围的世界。

她集才慧、美貌、善良于一身，拥有阳光般的气质和天资的聪明，一头清新飘逸的长发，总是洋溢着最温暖的问候。她一手握浪漫诗意，一手持烟火阳光，像江中的一叶红帆，迎着阳光奔腾向前，在湘江边上留下了一道最亮丽的风景。

她就是中国散文学会会员、中国女子书画院艺术总监、湖南省作家协会会员、湖南读书会副会长向晓金。她喜欢把日子过成诗，用春风煮文字，她的字里行间不断弹奏着优美的音符，震撼着广大读者的心弦，她被誉为春天般的女诗人、最美爱心女作家。

耳濡目染传基因

湖南省溆浦县是屈原文化的发祥地之一，又是我党早期重要领导人之一、中国妇女运动先驱向警予的故乡，还诞生过抗日名将郑国鸿和其他重要历史人物。溆浦县是一处革命的热土，有着红色基因。

向晓金就出生在溆浦县一个普通农家。父亲是地地道道的农民，一辈子面朝黄土背朝天，农作之余却喜欢看书学习，他不仅自学了中医，粗通《易经》，还练就了一手好书法，写得一手好文章，经常免费为村民看病、写春联、看屋场，深得村民们的爱戴与尊敬。向晓金耳濡目染，把父亲作为自己人生的标尺，决心长大后，要像父亲那样热心帮助别人，做个有爱心的人。

上学后，她把语文老师作为自己人生的标尺，因为她酷爱写作。她的作文写得生动有色，几乎每篇作文都被老师当作范文在班上讲评。参加工作后，她又把老诗人韩湘道当成自己人生的标尺，韩老两袖清风、高风亮节，他甘为别人的"板凳"精神，一直激励着向晓金奋进。

至今最让向晓金感激和愧疚的一件事是妹妹的"让学"。读小学时，她和妹妹成绩都很优秀，当时家里实在贫穷，父母只能在两个孩子中选一个成绩最好的上中学。相比之下，妹妹的成绩稍逊一筹，父母便把这个机会给了向晓金。妹妹对此虽毫无怨言，但向晓金却感到愧疚，一直不肯原谅自己。

上中学后，她下定决心发奋读书，不辜负父母的期望和妹妹的付出。向晓金果真没有食言，她的学习成绩都一直名列前茅，继而考上县高级第一中学，最终以优异的成绩考上了大学，毕业后回到溆浦县当了一名受人尊敬的中学教师。

爱心绵绵润花蕊

向晓金先后在溆浦县麻阳水中学、仲夏中学、卢峰镇中学、溆浦一中教授英语。她始终如一地认真备课、上课，课余时间与双休日免费为学生辅导，因而学生成绩喜人，她也深得领导、同事、学生与家长的信赖与喜爱。

向晓金也敢于勇挑重担，担任班主任，她关爱学生，经常自己掏钱给家境贫寒的学生购买书籍、文具与衣服鞋袜，温暖着学生。她所教的班级成绩名列前茅，学生品学兼优。她多次被评为"优秀工作者""优秀班主任"。

向晓金听说一个叫芳的女学生在上海读大学，因为家里非常穷，上大学的学费是在银行贷的款，心里非常难受，当即给了芳八千元交学费，后又联系爱心企业家资助芳完成学业。

如今向晓金的学生遍布全国各地，北京、深圳、上海、长沙等地都有她的学生，都是该领域精英，向晓金为此感到无比欣慰和幸福。

向晓金酷爱文学，笔耕不辍。她出版了六本散文诗集，被湖南电视台都市频道专访报道。

她还连续三年组织全县中小学生征文比赛，每次参赛作品都不少三千篇，阅看评比工作量相当大。在向晓金的爱心感召下，评委们每天都工作到深夜，但大家都毫无怨言。大赛期间向晓金更是度过了许多难眠之夜，其中的酸甜苦辣有谁知晓？

中小学生作文大赛在全县中小学中引起了轰动，社会反响很好，受到学校、家长和学生的欢迎。不少人自发组建了大赛组委会，负责宣传发动报名工作，更可贵的是一些部门和企业还主动为大赛解囊相助。

大赛结束后，向晓金又负责把部分优秀作品编印成《感恩》与《爱心》等书籍，组织人员把书送给参赛学生和山区的孩子，顺便还给贫困学生送去了书包、文具。每届大赛的费用不止三万元，而且提出并组织这一系列活动的向晓金却都是义务，没有一分钱报酬，自己还贴补了几千元。

有朋友说她亏了，笑她多此一举。可向晓金却答道："我喜爱这项活动，可以发现和培养小作家。孩子们一张张灿烂的笑脸便是对我最大的酬劳。"

多年后她收到参赛获奖学生朱梦琪写来的一封信,信中写道:"喜欢向晓金老师在细碎的阳光下执笔,种生命之花,握诗意烟火,织一帘幽梦……您像一位春天的使者,邀请我在春天里舞蹈,让孤僻的我感受到了阳光,感受到了爱,使我明白,人生若苦,心却一定要微笑向暖。"向晓金读着读着笑了,笑得如春天里的一朵花。这正是她举办作文大赛的初心。

怀揣春天绘生活

无论教学工作怎么繁忙,也不管自己身体状况怎样,向晓金都没有停止过写作,总是随身携带着笔记本电脑,灵感来了便写。有时,写着写着天就亮了,有时写着写着就忘记了服药。就是在旅途中她也不停歇,如同着了魔一样。

从2011年开始,她以诗言志抒发情感,已正式出版发行了《春天的请柬》《陌上阳光》《画魂》《心香一瓣》《春天的微笑》等六部散文和诗集,还撰写并在报刊和网络上发表了数百篇文学作品,有些作品还被制作成音频和视频,这近百万文字全是她用爱心编织在一起的。正是这些流淌着温馨的文字,造就了从溆浦走出的暖心女作家。

向晓金的作品中一个使用最频繁的词汇就是"春天"。字里行间,无一不是春光明媚、春色满园、春花烂漫……她的笔下,无不渗透和洋溢着春天般的友情、春天般的亲情、春天般的家国情怀,从她最新出版的文集《春天的微笑》中就可窥见一斑了。

向晓金的散文、诗歌较多，既作品即如人品，作文如做人。向晓金具有才、情、趣的人格魅力，她的作品接地气，以意境感染人，以真情打动人，让人读后回味绵长，启迪深深。

在向晓金笔下，一草一木都是温情，一花一蝶皆有风采。她的作品体现了她大爱的狂热、完美的追求、细腻的情怀、炽热的真诚和女性的柔媚。她是一位永远怀揣春天的女作家，作品中满是春光烂漫的音符，四季都飘着春的芬芳。

用大爱抒写人生

向晓金一边认真教学，一边抒写春天，很快在溆浦文学界声名大噪。在出版作品集的过程中，她被湖南读书会会长张立云发现。几经接触，张会长被向晓金的写作天赋和才华所折服，被她的满满爱心和对公益活动的热衷所感动，更敬佩她工作中那股不服输的火辣劲，便邀请她加入了读书会，并推荐她做副会长，主持读书会的一些日常工作。

业余时间向晓金把全部身心都放在了湖南读书会的公益活动中，和张立云会长千方百计把旗下的朗诵艺术团、潇湘悦读网、读书会文学微刊、名人汇等办得风生水起、有声有色，声像图文并茂。

湖南读书会被湖南卫视、湖南经视、中国文化报、潇湘晨报、三湘都市报、长沙晚报、新湖南、红网、星辰在线等媒体报道，被评为长沙市文联"一会一品"十大品牌项目。长沙市委宣传部还把湖南读书会纳入为"书香长沙"活动的一部分，并给予了重点支持。

向晓金知道这一切离不开张会长等人的艰辛付出，是全体文化志愿者多年执着拼搏的结果。她很珍惜这一切，也并没有满足于现状，一次偶然发生的事件，让她有了一个新的、大胆的想法。

向晓金就想：湖南读书会不能仅仅是一个交流文学、发表作品的平台，应该要办成一个起点更高、视野更广、影响更大的传播爱心的公益平台，让更多贫困山区孩子跨入"读好书、做好人"的行列之中。

在张会长的策划与支持下，几年来，她在溆浦、怀化、岳阳、平江等地成立湖南读书会办事处，借助当地的文化志愿者和爱心企业家一起推广全民阅读。向晓金和志愿者们翻山越岭去了卢峰镇中学、祖师殿镇中心小学、卢峰镇仲夏学校、大华学校、溆浦职中、湘维学校等校园，开展送书、读书活动，向偏僻山区的孩子和留守儿童赠送了书包、文具以及名家书画等物品。

在祖师殿镇中心小学开展送书读书活动时，向县华校长深受感动，当场动情地对全校师生讲道："我们偏僻山区急需文化沐浴，湖南读书会的作家、诗人千里迢迢来这里捐赠、开展读书活动，真是一场及时雨，更是一堂爱心教育课。希望我们学校的每个学生都学国学、诵经典、读名著、做好人，不辜负湖南读书会老师的殷切期望。"

辛勤耕耘，几多收获。沐浴春风成立的多个湖南读书会办事处，有如妩媚的玫瑰、浪漫的小荷、芬芳的茉莉、艳丽的杜鹃、洁白的玉兰、火红的石榴，把春天装扮得娇媚无比。

向晓金清楚，要真正让文字发出光芒，做到"书启鸿鹄志，书香满校园",就得让更多青少年参加读书活动。在她和会长的策划下,"湖南读书会签约小作家"组建了,一批"最美青少年"涌现了,他们的作品和事迹影响了更多学校,鼓舞了更多学子。

江西省的王子妍同学从八岁便开始热爱写作,写了许多脍炙人口的儿童作品,崭露文学才智,许多作品还在比赛中获了奖。经历四年寒暑,在向晓金的辅导和鼓励下,她用优美的文笔,写完并公费出版了第二本书——中篇小说《虎妈狼儿》,现已在新华书店、淘宝、天猫、拼多多上架,受到全国中小学生的好评。

在此基础上,向晓金又把湖南读书会的读书活动延伸到大学校园,组建了"湖南读书会大学生部",使读书会的成员更广泛、更年轻、更具活力了。

在推广全民阅读活动的同时,向晓金又带领文化志愿者和大学生分部的成员,翻山越岭去慰问革命老前辈、孤独老人,把爱的种子播进这些容易被遗忘的老人的心田。

向晓金率领过怀化办事处的志愿者,手提肩扛着米、油、面等生活物资,风尘仆仆地去深山老林看望和慰问孤独老人舒香桂,向她祝贺96岁生日。她还率领大家去祝贺了抗日英雄周老爷子98岁大寿,并与之合影留念。当生日蛋糕上的蜡烛被点燃时,就如一阵春风吹拂,周老爷子笑得久久合不上嘴。

"6·26国际禁毒日"来临时,向晓金和会长组织读书会的作家、志愿者举行了一场《无毒青春砥砺行》主题朗诵活动,表达了年青一代拒绝毒品、爱惜生命的决心。

这次活动影响深远，湖南读书会顾问、坦桑尼亚中华总商会会长朱金峰，巾帼画魂郭晶，驰名中外的书画家王诚，央视导演、词作家贾鸿，中非文化大使利斯，分别从远在大洋彼岸的非洲、首都北京、辽宁沈阳、广东东莞等地发来禁毒视频，云上参与，共同表达了共创无毒净土、同护一片蓝天的决心。

在向晓金的策划下，读书会大学生部演绎了《春的模样》配乐广播剧，讲述了湖南读书会从组建到成长的过程，再现了读书会进校园、走访留守儿童、慰问孤寡老人和革命前辈的情景，让大学生们进一步了解了读书会的宗旨和精髓。

湖南XP健协十周年庆典时，向晓金特意创作了情景诗《健康魂》，号召大家爱护身体，珍惜生命。这次朗诵活动虽在溆浦举行，但被制作成大型视频播放后，在全省引起了很大的轰动。

向晓金一直喜欢在作品中展现唯美。2022年5月，她把自己的短篇小说《红帆船》改编成微电影，请文化志愿者贺伊鸿、向安妮、向芸可、何国跃、姜雪、刘志霖、姜颖逸参演，请肖丹华拍摄制作，在"八一"建军节前夕播放，以此献礼。《红帆船》讲述了一个军人怎样正确处理爱情、事业以及公益等的关系的动人心弦的故事，彰显了新时代中国军人"铁血丹心卫国情，似水柔情真心在"的情怀。在网上播放后受到热捧，喝彩声不断。

2023年12月24日，由向晓金编剧的又一部公益微电影《夏花般绽放》问世，该微电影是一部校园励志剧，反映高中学生青春成长的故事，倡导德行善举，传递人间大爱，深受大家的赞赏。

广播剧、情景朗诵、微电影的尝试,为湖南读书会今后开展读书活动开拓了新的领域和形式。

永远微笑向暖阳

"心,永远微笑向暖。"是向晓金的座右铭。她曾说过:"因为滚滚红尘,我们每个人生活得不容易。我只想让我的文字永远阳光暖心、充满正能量。"

是啊,作家只有用生命书写,表达自己的观点,才能写出自己的意境和灵魂,才能写出鲜活和刻骨的文章。

为了扩大湖南读书会的社会影响,挖掘和发现更多更好的文学作品和作家,在会长的统筹下,向晓金积极与爱心企业家、书法家、画家联系,先后举办了十几场全国征文比赛。

这些关心中小学生成长的社会知名人士不仅为大赛提供赞助,还用各种方式表达自己关爱之情。如坦桑中华总商会会长朱金峰不仅为获奖孩子颁发奖金,还积极赞助四位湖南读书会的小作家完成学业。巾帼画魂、中国女子书画院院长郭晶多次为获奖者作画、签名、盖印玺。在北京第十七中学小学部开展校园文化节活动时,书画家王诚亲临现场,指导学生练习书法。

爱心人士对湖南读书会的无私支持极大地震撼和启迪了向晓金。她有了一个更大胆的想法——把爱心人士背后的故事挥笔写成一篇篇文章,让他们的事迹传播得更广,以便弘扬社会正能量。她的这一想法得到了会长的全力支持。

　　有了会长的全力支持,向晓金劲头更足了。在她的牵头和带领下,一支由朱梦斯、方展开、胡丽佳、魏乃昌、肖丹华、袁晓燕、吴晔华、向长安、陈小英、肖艳云等爱心志愿者组成的榜样文化研发团队成立了,他们冒酷暑,顶冰雪,风尘仆仆地穿梭于全国各地的城市和乡村。在采访、写稿、校对、出书、推广和宣传的过程中,他们熬过多少不眠之夜,付出了多少精力和心血。这项艰巨的工程从头至尾都没有任何报酬,只有满满的爱,但向晓金带领的团队累并快乐着。

　　在这段日子里,向晓金尤为辛苦,她马不停蹄地奔波在全国各地。在北京诚宝轩与王诚,在中国女子书画院与郭晶,在中央电视台与导演贾鸿,在山东青岛与作家许晨都有深入交流,她诚意邀请这些知名书画家、导演、著名作家加盟湖南读书会。

　　她的团队采访了五百多名榜样人物,这中间有人民子弟兵、警察、军嫂、医护人员、教师、普通农民、人民公仆、企业家、艺术家、海外赤子、词作家、残疾人、工程技术科研人员……经过六年的努力和反复打磨,由向晓金主编的《致敬!新时代我们身边的榜样人物》终于出版并公开发行,而且被全国一千多个图书馆收藏,并被送往山区做孩子们的励志读物。

　　其实向晓金她自己就是榜样行列里的一盏明灯。她和志愿者平凡的身影,经常出现在需要帮助的弱势群体身边:资助贫困山区的孩子们读书,定期给孩子们做心理辅导;抽时间去敬老院、去乡村看望留守老人和孩子;去医院做义工,帮病人做按摩……用阳光般的笑颜,滋润那些渴盼阳光的眼睛。

  这些年，向晓金的头发白了许多，脸上的皱纹也增加了不少，她感觉青春正在渐渐离自己远去。但她并没有后悔，更没有悲伤和消沉。在她身上依然可见少女时代的情怀，她表示今后依旧会去偏远山村开展读书活动，会去韶山、隆平小镇、开慧故里、黄兴故园……去这些不平凡的地方吸取新能量，开创新的未来。

  李白诗云："高山安可仰，徒此揖清芬。"人们不会忘记向晓金等文化志愿者带来春天般的微笑，以及他们用爱编织着这个缤纷的世界，让人们感受到人间处处有光和温暖。感谢春天般的女诗人向晓金用阳光言行唤来了春风，使我们与春天相遇、相知、相伴，让春天的微笑在每个人的脸上荡漾。

作家沙漠：
四十二年款款拥军情

● 涉江红帆

在祖国的地平线上，在千万座古老而神奇的绿色军营里，当提及一位名叫"沙漠"的南京人时，战士们总是情不自禁地发出一阵由衷的赞叹："沙漠老师，您是战士心中的绿洲。"

沙漠1953年出生于南京，叔父沙培深是华东一级人民英雄、著名的"洛阳营"红一连连长，在淮海战役中壮烈牺牲。沙培深烈士崇高的革命精神，深深感染了侄儿沙漠，沙漠在没有实现当兵愿望的情况下，毅然走上了爱国拥军

之路，坚持不懈拥军长达42年，成为一名光荣的拥军模范。

1996年8月，中央电视台为沙漠摄制了一部专题片《沙漠的假日》。1996年9月，中央人民广播电台《军事英才》节目，对沙漠的拥军事迹进行了介绍。1996年10月6日，《解放军报》头版头条以《沙漠，战士心中的绿洲》为题，再次报道了沙漠的拥军事迹，在军内外引起了强烈的反响。

1999年9月，沙漠被授予"南京市支持国防好公民"的光荣称号，南京市国防教育讲师团聘任沙漠为讲师团讲师。2016年9月，中共南京市委、南京市人民政府、南京警备区为沙漠荣记三等功。

作为革命烈士的后代，沙漠是缘何走上拥军之路的？又是什么力量支撑沙漠坚持爱国拥军42年之久呢？让我们怀着崇敬的心情，走近榜样人物沙漠的身边，品读他爱国拥军的崇高境界吧。

一封"吹灯"信，走进绿军营

1981年6月，偶然听说邻居小郭和女友分手了，沙漠感到非常吃惊。

小郭在广州驻军某部当兵，入伍之前在南京谈了个女朋友小林。这位姑娘在军区后勤部下辖的一个军工厂工作，当时社会上流行时髦的"美学热"，小林对美学热以及深奥的哲学颇有兴趣，她一有空就和年轻的姑娘们一起，有说有笑地去新街口新华书店买书看。

有一次，军工厂团委为掌握青年的思想动态，顺应时代发展潮流，报请厂党委批准同意后，为团员组织举办了一场"美学知识竞赛"。小林信心十足地报名参加，并当场领到一份"美学知识竞赛"卷子，结果发现其中的几道题很难，她根本回答不出来。

当晚，月亮已经升上树梢，南京古城夜深人静，小林在灯光下握起笔，给火热军营中的小郭写了一封信。信中小林附上"美学知识竞赛"卷子，恳切地希望心中的白马王子帮她解答难题。可是，小郭在部队天天忙训练，对外面流行的美学热毫不知情，何谈帮女友解答难题？这样一来，小林不高兴了，认为小郭缺乏审美情趣，一点也不浪漫可爱，便断然提出立即散伙，分道扬镳。

战士小郭突然遭此打击，就以病假为由拒绝了军事训练，还一时糊涂地产生了轻生念头。小郭的困境牵动了沙漠的心。小郭是一位光荣的解放军战士，只要他能够安心服役，报效祖国，让沙漠吃什么苦他都心甘情愿。沙漠决定做通小郭的思想工作，帮助他走出困境。沙漠立刻向单位请了事假，带上小郭在广州驻军部队的地址，匆匆乘上了南下的列车。

南京与广州相隔数千公里，在千里之外的威武兵营里，沙漠终于见到令他牵肠挂肚的小郭。小郭此刻把沙漠当作亲人一样，哭诉了满腹的委屈和悲哀。沙漠安慰地说："小郭，小林爱你朴实善良的品性，但你现在是解放军战士了，她应该积极鼓励你献身国防才对。小郭，既然她不爱你崇高的军人职业，对你这般苛刻无情，失去这样一个貌美心冷的女朋友，你有什么理由悲痛欲绝呢？"

沙漠站起来走到墙边拿下毛巾，轻轻地擦拭小郭脸上的泪痕："小郭，失恋不是你的错。如果因失恋丧失了斗志，不安心服役了，那就是你的错。"小郭听沙漠这么一说,眼睛扑闪个不停,还若有所思地微微点头。见到小郭的表情变化,沙漠接着说:"希望你勇敢地振作起来,爱军习武,精武成才。在你成功的那一天,在一片鲜花和掌声的海洋中,定会有令你神往的美丽姑娘。小郭,我大老远来看你,请你一定为我争口气,让那些看不起你的人后悔哭泣去吧!"

沙漠的一席话开导了小郭,小郭激动地说:"沙漠老师,谢谢你!你跑这么远来看我,让我深受感动,我会重新找回勇气和坚强,你就看我的行动吧?"听到小郭的这番话,沙漠顿时心花怒放,经过这一趟数千里的艰难跋涉,终于做通了小郭的思想工作,帮这位军中男子汉找回了扎根军营的勇气和信心。望着眼前这座古老而神奇的南方军营,听着训练场上传来的阵阵威严雄壮的口令,沙漠的心立刻陶醉了。

萌生为部队讲授"军事美学"的欲望

第二天早晨,沙漠拜访了陶教导员,教导员对沙漠关心小郭的成长表示了感谢,并且坦诚地告诉沙漠,现在部队战士的思想工作比较难做。由于外面社会热潮的冲击,军营里也发生了一些变化。在入伍的新战士中,有人把社会上的不良风气带到了部队,发生了新战士私下偷改军服的现象,严重违反了军队的条令条例,从根本上曲解了军人美的深刻内涵,盲目地走进了美的误区之中。

告别了小郭,离开了军营,沙漠踏上返宁旅途。在奔驰的列车上,望着窗外飞快掠过的河流和田野、沙漠陷入了沉思中。什么是美?什么是当代的军人美？面对军营存在的种种现象，为什么不能把美学和部队的思想政治工作结合起来？沙漠的思路一下子打开了，萌生了一种强烈的想法：努力探索和挖掘军营中的美，并和部队的思想政治工作紧密相结合，在军营开一门新兴课——"军事美学"。这门课程旨在培养当代革命军人的审美情趣，激发官兵强烈的国防观念，引导他们安心服役，立功报国，为国防贡献出火热的青春和力量。

沙漠心中萌生了这个设想，希望以给部队讲"军事美学"课为切入点，为人民军队做点事情。这样既能为部队官兵服务，帮助他们排忧解难，还可以圆自己的"绿色梦"，为"绿色长城"贡献微薄之力，为"国防事业"尽一份神圣义务。

回到南京，沙漠立刻忙碌起来，大量阅读古今中外的美学书籍，潜心研究军事美学。经过三个多月的辛勤劳动，沙漠终于撰写出"军事美学"讲稿，然后抓紧时间，奔向一座座绿色军营，为部队官兵义务讲授"军事美学"……

谁也没有想到，怀着这种崇高的坚定信仰，沙漠为部队官兵义务讲授"军事美学"，一坚持就是漫长的42年。从1981年开始，沙漠利用自己的工余时间和节假日，身背干粮袋，怀揣祖国地图，攀高山、下海岛、走边防、上哨所，行程达三十多万公里，足迹遍布祖国各地，为部队官兵义务讲授"军事美学"3800多场，听众累计达100多万人次。为了抓住生命中的分分秒秒给部队官兵讲课，沙漠曾经连续18个大年三十放弃和亲人团聚，义无反顾地去了边防海岛。他把我们中华民族传统的除夕夜献给了伟大的人民军队，献给了亲人解放军和武警官兵。

现在沙漠收藏了四大本讲课后部队的赠词留言，上面记下了人民军队高级将领和英雄部队的衷心祝福。这些盖有红色印章的部队题词，来自解放军"百将团"、朱德警卫团、左权独立营、解放军坦克学院、炮兵学院、装甲兵学院、第二军医大学、南京政治学院、陆军指挥学院、海军指挥学院等，这是沙漠人生中一笔宝贵的精神财富，也是他爱国拥军的历史见证。

沙漠是革命烈士的后代、拥军模范，也是一位人民作家。他以爱国拥军的亲身经历写了《我的人生》一书，2014年由解放军出版社公开出版发行。原南京军区司令员向守志上将为沙漠题写了书名，军区副政委兰保景中将作序，沙漠将3000本新书赠给了军事院校和基层部队，赢得了军队首长和广大官兵的大加赞赏。

创办南京沙漠拥军书画院

为了进一步深化爱国拥军工作，在南京军区向守志司令员和傅奎清政委的支持下，沙漠于2001年1月28日创办了"南京沙漠拥军工作室"，把爱国拥军工作升华到一个全新的境界。

自从拥军工作室成立后，沙漠积极投入到繁忙的工作中。他给部队义务讲课，为基层部队排忧解难，经常看望广大官兵，热情慰问军属家庭，给战士写回信，细心落实军人的心理咨询，还为遇到困难的军人捐款寄物，做战士们的思想转变工作，天天忙得筋疲力尽、腰酸背疼，但他也感受到了莫大的欢欣与快慰，因为沙漠把国防的重量视为自己生命的重量，沙漠立志要为国防事业而英勇献身。

　　2002年，沙漠拓宽了拥军思路，他带领一群有拥军情怀的书画家送文化进军营。在火热的军营里，沙漠组织了生动的拥军书画笔会，书画家们用挥毫泼墨的艺术形式，表达了对亲人解放军的崇敬与热爱。沙漠还分期分批开办战士书画培训班，极大地丰富了部队官兵的精神文化生活，也为基层部队培养了一批年轻有为的书画爱好者，为人民军队的精神文明建设做出了贡献。迄今为止，沙漠拥军长达42年，书画家们也跟随沙漠拥军21年了。

　　9月18日，沙漠带领有责任、有担当的拥军书画家，成立了南京沙漠拥军书画院。拥军书画院先后为新兵家长举行了拥军书画笔会、第九个革命烈士纪念日开展缅怀祭奠烈士活动、满怀豪情迎接党的二十大胜利召开、纪念志愿军抗美援朝出国作战七十二周年等活动。多种报刊和腾讯新闻都对南京沙漠拥军书画院进行了宣传与介绍，引起了轰动而广泛的社会效应，为拥军工作社会化做出了贡献。

组建拥军慰问团重走红军长征路

　　沙漠作为拥军模范和作家，认真研究了中国革命波澜壮阔的斗争史，对红军长征这个大事记情有独钟，心中憧憬着有一天能亲身重走长征路。2013年7月29日，沙漠终于实现了美好的愿望。

　　2013年建军节前夕，沙漠找到八位志同道合的南京市民，组建了一个"重走长征路拥军慰问团"。他们冒着高温酷暑，义无反顾地走上了当年的红军长征路。慰问团里有三位德艺双馨的书画家，最大的书画家已经70岁。"重走长征路拥军慰问团"一边追寻当年红军的历史足迹，深刻感悟一代红军信仰的力量，一边还在长征路沿线寻找解放军部队，为官兵们举办长征路上意义独特的拥军书画笔会。

沙漠担任慰问团的团长，要负责全程带队，还要与长征路沿线的人武部联系协调。时值8月之初，同志们背上沉重的行囊前进，到了一站根本顾不上休息，便立即振奋精神为部队官兵举办书画笔会。慰问团的同志们发扬了当年红军英勇作战的精神。"重走长征路拥军慰问团"就是用这种独特的方式，战胜了一切艰难困苦，历时33天，穿越了11个省，胜利走完了中央红军长征路线的全程，为沿途的部队官兵创作捐赠了四百多幅书画力作。中国军网对此做了全程跟踪报道，给慰问团同志们的人生留下了幸福而永久的回忆。

在二万五千里的长征路上，慰问团执着追寻红军的历史足迹，认真参观长征沿线上的纪念馆，拜访当地馆方的领导人，积极收集长征的历史宝贵资料，挖掘红军英雄身后鲜为人知的故事。沙漠还对红军英雄人物进行了追踪，并通过地方政府见到了健在的老红军，和红军的后人们建立了联系。

重走长征路结束回到南京，沙漠就开始了艰苦的创作。为了写好《长征集结号》，沙漠去西安拜访了刘志丹将军的女婿张光，到北京探望了左权将军的女儿左太北，采访了开国中将方强的孙子方忆平，晤见了开国大将黄克诚的女儿黄梅，约谈了《西行漫记》封面红军小号手谢立全将军的儿子谢小朋，找寻到大渡河畔红色船工帅仕高的孙子帅飞，采访了中央红军红四团团长黄开湘的外孙邵爱福……经过八年的呕心沥血和辛勤笔耕，沙漠终于完成了36万字的书稿《长征集结号》。

　　沙漠是一位战斗英雄的后代，他坚持爱国拥军长达42年，由此花掉了家里六十多万元人民币，至今仍然和家人过着清贫的日子。沙漠向国防倾注了所有的爱，用实际行动去实践他拥军的诺言，用坚强的信念升华着一段平凡壮美的人生。衷心祝愿沙漠在今后的人生之路上，为神圣的国防事业做出更大的贡献。

退休老干部林维平：
每一件事都做到极致

● 魏乃昌

知性女人可能没有羞花闭月的容貌，但她有着广泛的兴趣和精致的生活；也许没有婀娜多姿的体态，但她精力充沛，在不同岗位上，总是听从党的召唤，把工作做到极致。

在湖南长沙湘江之畔，就有这样一位知性女人。60岁前，她生活在农村田野、小学课堂、工厂车间、中专学校和省直机关单位，日复一日为社会服务，替他人排忧解难。人生的每一步，她总是竭尽全力去做，并臻善臻美做好。60

岁后，她又从零开始，或在电脑前用键盘记录着日常生活中的喜怒哀乐；或手持相机拍摄祖国的大好河山及普通百姓的笑脸。她就是省机关事务管理局退休干部林维平。

年过70岁的林维平一点也不显老，面色红润，精神矍铄，性情开朗，气质优雅，虽离开了工作岗位，但一天都没闲着。她现在是湖南省老摄影家协会和老干部摄影家协会会员、湖南读书会签约作家、湖南红网论坛2022年度"优秀创作者"、美篇情感领域优质作者……写作、采风成了她退休生活的主旋律，她忙但快乐着。

下乡插队当农民

林维平1952年4月出生于常德石门，父母因工作繁忙，在她1岁多时就将她送往桐梓溪老家，和爷爷奶奶一起过着农村生活。老家虽处崇山峻岭之中，但却是一块风水宝地，当地的人民公社就设在这里。老家虽然贫穷，却盛行读书至上的风气。她太爷爷的一个兄弟所生三个儿子，相继毕业于北京大学、武汉大学。

林维平的大伯从常德师范毕业后，回乡在村里的私塾教书，写得一手好毛笔字，有如幅幅字帖，挂满了堂屋。在大伯的文化熏陶下，林维平从小就养成了爱看书、喜学习的好习惯，上小学后，成绩一直名列前茅。

1965年9月，小学毕业，她以优异的成绩考进名校——石门一中。良好的学习环境，让她更加刻苦学习，并担任了少先队大队委。但一场

"文化大革命"打乱了教学秩序，偌大的校园竟放不下一张课桌。1968年12月，学校六个年级不得不同时毕业。于是她与同学们一道离开城市和亲人，插队到二都公社月亮大队当了农民，当时她才16岁。

机会留给有准备的人

在农村劳动三个月后，大队党支部认为她吃苦耐劳，待人诚恳，就安排她当月亮小学的老师，负责一到四年级的教学工作。这个小学一共三十多个学生，老师和管理人员就林维平一个人，既要讲授各门功课，还要安排孩子们的课余活动。为这三十多名学生付出了许多。期末考试学生成绩非常优异，受到公社联校的好评。由于表现突出，暑假刚过，林维平就被公社推荐招进桃源纺织厂，成了一名梳棉挡车工。

面对操作技术和生活中出现的困难，林维平自小养成的不怕苦、不怕累的劲头派上了用场。不懂挡车技术，每天下班后，她就借来相关书籍学习，还写下心得日记。在这期间，她不仅技术上出类拔萃，思想也成熟了。1972年11月，在党组织的培养下，她光荣加入了中国共产党。两年后又被提拔为中层干部，分管车间的政工管理。在工厂的11年时间里，她写下近百万字的日记，这为她以后撰写回忆文章积累了丰富的素材。

1980年12月，她从桃纺调到常德卫校工作。这时她感到自己文化基础太差，虽在省委党校进修过一年，但还是力不从心，很难出色完成党交给自己的任务，很想有一个提高自己的机会。

机会总是留给有准备的人。1984年，湖南教育学院面向中专在职管理人员招生，但必须经过严格考试。在学校领导的支持下，她夜以继日地复习考试资料，通过努力，幸运地进入教育学院政教系脱产学习两年，这让她的眼界和格局得到了较大的提升。毕业后调入湖南省委党校人事处担任师资科长，具体负责教师考核、工作量计算和职称评聘工作。回忆自己走过的这段人生经历，她深深体会到只有努力才会有成果。

让工作具有人性化

湖南省委党校是所马列主义殿堂级的学校，林维平面对的同事都是名牌大学毕业生，其中博士、教授不在少数。她觉得自己底气不足，考核教师授课质量时，也是战战兢兢，害怕评价时出差错。通过一段时间的心理调整，她认识到，人有时候缺的不是能力，而是对事物的态度，只有努力提升自己，才会令人刮目相看。

于是，她挤出一切时间学习教育理论，对授课教师分门别类进行观察和分析，不定期进行评课和打分，以此提高教学质量。为使教师讲课时不脱离实际，她联系了浏阳和株洲的乡镇与工厂，选派青年教师到这些基层单位挂职锻炼，既有利于提高年轻教师解决实际问题的能力，又能帮助他们做到上课生动、幽默、有理有据。她所做的这些，得到了党校领导的认可，也让自己的师资管理水平上了一个台阶。

在省委党校工作的近十年里，她既对教师进行严格的教学管理，同时又非常关心教师的切身利益，想方设法帮助教师评上相应的专业技术职称。有些年纪偏大的教师评教授时，外语考试是道难以逾越的门槛，她便前往财经学院和国防科大，聘请日语和英语老师来党校为这些老教师授课，终于让参评教师的外语考试合格率达到了98%。为了提高教授评审的通过率，在学校领导的支持下，她还多次与外省党校沟通，争取参加他们的评审会，及时了解答辩内容，帮助参评教师做好答辩准备，使省委党校评审通过率达到了95%。

在省委党校工作期间，为了规范教师考核和工作量计算，林维平组织制定了一系列规章制度和操作办法。为了完善党校系统专业技术职称的评定，她协助分管领导，成立了专业评审委员会，将每位教师应完成的课时、发表论文的数量和发表等级透明化，尽量让符合条件的教师都能顺利评上专业技术职称。林维平所做的这些看似琐碎的工作，却让本来冷冰冰的教师考核、工作量计算和职称评聘工作有了温度，使管理工作也有了人性化。

把事情做到极致

"只有把事情做到极致，人生价值才能体现，工作才能做到完美。"这是林维平多年工作的一条宗旨，也是她内心的深刻体会。

1995年上半年，她调到省直房改办工作，担任政策法规处副处长。刚熟悉对教师的管理，现在变为对住房的管理，反差不仅很大，而且她对这项新工作一窍不通，根本无法入手。上班第一天，处里讨论出售公房的范围、购房对象、出售价格和地段评估等问题，她就像听天书一样，插不上一句话。

　　回到家里，她陷入沉思之中。做了二十多年行政管理工作，自己从来没有和建筑行业打过交道，而开展住房制度改革是党和国家的重大举措，能从事这项工作，是组织对自己的高度信任，也是自己一生中遇到的荣幸。"我不能退缩，必须在3个月内，熟悉房改政策和建筑的专业知识。"林维平暗下决心，不仅要把这项政策性强、涉及千家万户利益的新工作做好，而且要做到极致。在省直房改办工作的五年时间里，她将政策法规工作抓出了成效。由她牵头编写的《湖南省直单位房改政策法规汇编》，共有十多册，一百多万字，为规范省直单位住房制度改革做出了贡献。

　　2000年机构改革，省机关事务管理局新成立物业管理处，她转岗担任调研员。好在省直房改办工作时，对物业管理一直比较关注，还开办过专业培训班。上任后较为顺手，她快速整理出培训资料，组织省直单位人员到深圳、北京和香港参观学习，边培训边实地考察。在七年时间里，她又牵头组织编写出近二百万字的《省直物业管理实务丛书》《物业管理操作规程》等书籍，对推动省直单位物业管理起到了积极的指导作用。

　　2008年，随着全球节能减排的不断深入，我国公共机构节能减排形势严峻。根据党中央和国务院的决策和部署，局里成立了具有法定职能的节能办公室。林维平再次被组织上派去主抓这项工作。在实践中她发现有些厅局和地市对节能减排的重要性认识不足，便着手开始编写近三十万字的《公共机构节能政策法规汇编》，将法律条文和各级政府颁发的文件汇编在内，辅以举办重大活动，有力地推进了全省公共机构节能工作的全面开展。

不忘初心，砥砺前行

从1972年11月举起右手在党旗下宣誓开始，经历了50载风雨，50载砥砺前行，她初心始终未改，总是时刻听从党的召唤。虽然工作单位换了，但对党的那份忠诚、那份热情、那份执着，从未放弃。即使2012年从工作岗位上退下来，她也认为，人有了希望才有精神，希望是灯，是信念，只要在你心中，始终有一个希望激励你，人生就会有朝气，有目标，才更有意义。

2016年9月，她和先生去云南旅游，偶然得知了美篇新媒体，并知道每篇作品可刊载100张照片，还可配文字和音乐。回家后，她开始收集以前的照片，陆续给美篇投稿。她把撰写的内容编排为故乡情、同学情、同事情三大类，到目前为止，共发表作品422篇。为使作品图文并茂，她又走进省老干大学摄影班，跟随朱世俊老师学习摄影。春去秋来，从快门、光圈、感光度都不懂的小白，逐渐成为省老摄影家协会和老干摄影协会的会员，作品多次在网络上发表，并获得红网论坛2022年度"优秀创作者"称号。

2022年7月底，林维平随同龙鼎中老师前往湘西采风，实地寻访湖湘文化的发展与传承，她连续写出了《有血有肉的湘西背篓》《苗族银饰里的美学密码》《承载湘西文化的苗族服饰》等六篇系列作品，图文并茂，在红网论坛时刻新闻发表后，获得了较高的评价，点击阅读量超过数10万，影响很好。加入湖南读书会后，她积极写稿，先后发表了《心梦聒碎思成疾》《道尽相思已归尘》《碧波浩渺桔子洲》《纳兰容若少年事》《春日又访火宫殿》《难忘郁金香》等作品，彰显了她的写作功底，成为一名签约作家。

2022年11月是林维平加入中国共产党51周年的难忘日子，七一前夕，省机关事务管理局领导给她颁发了"光荣在党50年"纪念章。在戴上金光闪闪的纪念章的那一瞬间，她激动得流出了幸福的泪水……

林维平在回顾自己的人生之路时，深有感触地说："我认为，羡慕别人所得到的，不如珍惜自己所拥有的。哪怕是切肤之痛，是幼稚肤浅，是追悔莫及，是望洋兴叹，是无声无息，是普通平凡，但当你古稀之年回首时，会发现这一切都将成为永不再来的青春涌动和人生体验，是那么生动而美好。"

优秀基层民警严家凯：
从警为民，立警为公

● 朱梦斯

这位兢兢业业、无私奉献、执着质朴、舍小家、为大家的好警官——严家凯，是湖南省溆浦县兴隆派出所的普通干警。就是这位普普通通的干警，身上闪烁着我们这个时代人民公仆特别耀眼的光芒。

身披戎装，投身军营

溆浦是红色的摇篮，是中国共产党早期领导人及创始人之一向警予的故

乡，是一片英雄辈出、薪火相传的土地，严家凯就出生在这里的一个小山村。从小他就深受红色思想的熏陶，学习刻苦认真，放学后搞卫生、干农活一马当先，深受师生与村民的喜爱。他从小就有一个梦想，长大了要做一位像向警予烈士那样为他人奉献的人。

1997年，年仅19岁的严家凯，积极响应国家号召，投身军营成为一名铁骨铮铮的军人，军营大概是最能磨砺人的心性和铸就个人品格的地方。

他在云南省麻栗坡县董干镇驻守边防时，条件非常艰苦，最为严重的问题就是缺水，一个班，十个人，一天只有一桶水，每个人只分得一盆水。就连喝的水都很紧张，更别说洗澡用水了。这对于在南方多水地区长大的严家凯来说是一个严峻的考验。刚开始时他有些不适应，但是很快就调整了心态。他想，这点小困难根本不算什么，心态调整好了他也不觉得苦累了。

在如此恶劣的环境中，他依然没有放松对自己的要求。他知道坚强的体魄是军人最基本的素质要求，仍然坚持每天训练，衣服被汗水浸湿了，他就拧干了继续训练，晚上休息时把衣服脱下来一看，全是一层一层白色的盐渍，布料的衣服已经变得跟石头一样坚硬了。

在边防驻守还要保持高度警惕，边境的环境复杂多变，严家凯在执勤时不敢放松一点警惕，手里扛着枪，眼睛像雷达一样到处搜查，生怕漏了一丝可能出现的潜在危险。在边防驻守的日子里，严家凯的身体和精神都始终保持着高度的紧张，他从来不喊苦，不喊累。初出茅庐、热血方刚的严家凯在军营成长为稳重踏实、坚毅果敢的军人。

1998年上半年，刚参军不久的严家凯就随军队在云南富宁县参与了国防光缆施工建设，这次的工程时间紧，任务重。边境上多山地，灌木丛生，地形复杂，地势险峻，严家凯和战友们不畏艰难困苦，每天披星戴月地在山上挖深沟，手上满是抡锄头磨出的水泡，一破就流血水。

由于长期背对着太阳作业，后背已经被毒辣的太阳晒得脱了一层又一层皮，工地上条件异常艰苦，医疗条件几乎可以说是没有，抱着轻伤不下火线的想法，严家凯忍受着水泡破裂和背部脱皮的钻心疼痛继续奋战在工程一线。严家凯为了减轻晒伤，在旁边泥田里裹上一层泥巴，远远看去仿佛是泥人在动。经过严家凯和战友们夜以继日赶进度，工程也如期完成，他们赢得了这场与时间赛跑的战争。

在军队里这样的事情数不胜数，严家凯已经养成了随时随地待命的习惯，可能今天还在营地训练，明天就出现在哪个需要救援的现场。也正是在军营十年如一日的艰苦磨炼，严家凯褪去了往日的青涩，练就了过硬的身体素质和坚毅果敢的军人品质，这也为他后来成为一名优秀警察铺就了最美的底色。

立警为公，屡立奇功

2006年严家凯结束了十年军人生涯，转业到地方成为一名人民警察。为了成为合格的人民警察，更好地为人民群众服务，严家凯从头开始努力学习专业知识，刻苦钻研法律法规，经过努力，他很快就完成了职业的转变，成为一名优秀的人民警察。

警察的职业特殊性就是他们要打击违法犯罪行为，直面凶狠的犯罪嫌疑人，时刻都有危险。

2009年，当时严家凯在水东派出所工作，那一年水东辖区发生了五起命案，其中有四起是精神病患者杀人，这四起案子的行为人都是强壮的男性精神病患者，抓捕难度非常大但每次接到报案后严家凯都毫不犹豫，立马赶到现场。他怕晚去一秒钟就会有其他人受到伤害。在抓捕其中一个犯罪嫌疑人时，当天下着滂沱大雨，让人视线模糊，加之村里的路极其难走，严家凯赶到现场时，已经精疲力竭了。

但是他顾不上休息，便风尘仆仆地赶到嫌疑人家里。他发现嫌疑人手上拿着一把锋利的割草刀。根据当时的情况，贸然行动可能会激怒嫌疑人，造成更多伤害。这时他就只能站在风雨里紧紧盯着嫌疑人的一举一动，静静等着嫌疑人放松警惕。终于嫌疑人放下戒备，走出屋子到外面洗手，严家凯马上抓住机会冲上去将其死死压倒，一旁的同事也冲过来给嫌疑人戴上了手铐。

两人将嫌疑人送到刑侦大队时，犯罪嫌疑人看严家凯的眼神里都充满了怯意，即便是神志不清的精神病患者也知道害怕了。在这起案件中，即使是天公不作美，客观条件异常艰苦，使严家凯也凭借对外部环境和案件嫌疑人的精准把握，一举将罪犯成功拿下。

在其破获的另一起精神病人伤人案件中，他则展示了作为警察的敏锐判断力。他在接到报警时正好在县城办案，就直接开车去了所里。在行驶到梁家坡路段时，他看到路边有一个人手持一根长木棍往县城方向走，行色匆匆，非常可疑。

严家凯突然想起这人的外貌跟报警上反映的嫌疑人员很像，当时他已经把车子开过去几十米远了，然后他立即掉头，在行驶到这个人身后约十米处时，他就把车停下了，和同事商量好抓捕策略后，一起从后面快速冲了上去。他一手抓住嫌疑人手中的木棍，防止他攻击，一手控制住嫌疑人的手，但是那个人力气太大了，他们两个人根本控制不住他。

严家凯当时只能双手牢牢抓住木棍，同事就从后面抱住他，防止他逃跑。三个人就在原地扭打在一起，谁都不敢松劲，救援电话也打不了，情况一度陷入了僵局，好在这时恰巧有人路过帮忙才制服了犯罪嫌疑人。在这起案件中严家凯凭借职业敏感度和卓越的判断力快速抓获了犯罪分子。

在严家凯破获的无数案件中让他印象最深刻、最凶险的是抓捕板栗坪案件的嫌疑人。当时在群众的指引下他们发现了这名嫌疑人，嫌疑人靠在一栋房子的墙角蹲着，在抽烟，群众也说这个人非常危险。

严家凯先从墙的侧面靠上去，在不引起嫌疑人注意的情况下观察了一下，嫌疑人正好在墙中间，两边距侧面大概五米，然后他和所长商量，决定他们两个人分别从两侧冲上去，在他们刚从侧面往嫌疑人蹲的那面墙现身时，嫌疑人立马发现就站了起来，但他们没有丝毫犹豫，一下子就冲到了嫌疑人面前抓住了他的双手。严家凯又下意识地用一只手摸了摸嫌疑人的腰部，在腰后他摸到有东西，掀开衣服一看是两个刀把露在外面，他赶紧握着刀把，把刀抽出来，一把是水果尖刀，一把是三棱工具刀，两把刀上都有血迹，连他这个经验丰富的警察看了都觉得胆战心惊，要是他们当时稍有犹豫，后果就不堪设想了。

打击犯罪是警察的日常工作，在工作中他们随时随地会陷入危险境地。严家凯凭借在军队练就的过硬的本领和心理素质以及高度的职业责任感，一次又一次与犯罪分子斗智斗勇，并且最终抓获犯罪嫌疑人，保护了人民的生命与财产安全，还被评为破案小能手。

从警为民，服务群众

严家凯说警察就是革命的一块砖，哪里需要哪里搬，他作为基层民警不仅要打击违法犯罪行为，更要帮助人民群众解决各种各样的难题。

2017年9月21日，严家凯带领民警对辖区进行走访排查。当排查至橘花园村马家一居民楼前时，他发现该居民楼有多名操外地口音的男女进出，行迹非常可疑，便带领民警进入该居民楼进行核查。他发现该居民楼是一个传销窝点，并成功将该窝点捣毁，抓获了两名传销团伙的骨干成员，解救了十余名被骗至该传销窝点的青年男女。事后，他不顾连夜办案的疲劳，亲自将十余名受骗人员一一遣送回家。

2019年4月5日11时许，溆浦县油洋乡关溪江村的禹某焦急地来到派出所求助。她说自己在溆浦城南建行的自动柜员机上取了一万元钱，但是离开时把钱遗忘在了自动柜员机上，而且母亲正躺在医院里急需这笔钱办理住院。严家凯马上劝说禹某不要着急，他一边查监控一边走街串巷，终于联系到了捡钱的黄某。

刚开始黄某否认捡到了这笔钱，他对黄某动之以情、晓之以理，特别说明这笔钱是禹某用来给母亲治病的救命钱，而且禹某生活在大山里，家境贫寒。后来黄某认识到了自己的错误，并承认捡到了这笔钱，但黄某说她目前在两丫坪山里，距县城有三四十里路，当时已经是下午五点多了，没有车子去县城了。

他考虑到禹某急切的心情与在医院等着钱救命的老人，便立即驾车前往了两丫坪，从黄某手中取回了这一万元钱，并立马交到了禹某手中。禹某拿着这失而复得的一万元钱，感动得流下了眼泪，连连说着感谢的话语。严家凯又一次通过自己的努力和爱心保护了人民的财产，也护住了一个家庭的完整和一个拾物者的良知。

严家凯的日常工作更多还是跟人民群众打交道，处理群众间的矛盾。他日复一日、年复一年地秉承着群众事无小事的工作作风，总是兢兢业业、勤勤恳恳、认真严谨地处理好每一次报案，把普通而平凡的工作做到了极致，他也因此获得了辖区内人民群众的一致好评。

2017年10月，正在召开党的十九大，严家凯的主要工作就是十九大期间的安保维稳工作、重点场所的检查和排查、辖区社会面的巡查、社会矛盾的收集和化解，最终目的就是确保辖区内不出现重大案件、事件，为会议的顺利召开保驾护航。

十九大会议胜利闭幕后，怀化市公安局要表彰一批人员，鉴于严家凯的突出表现，被评为三等功。

2021年11月，严家凯前往溆浦县公安局中都派出所工作，他继续扎根基层，带领全所人员用心、用情、用力解决辖区群众的急难愁盼问题，践行新时代"枫桥经验"，把人民群众的矛盾纠纷化解在萌芽状态，确保了辖区的社会稳定。

2023年8月，他被组织安排到溆浦县公安局交警大队工作，新的岗位，新的起点，更是新的作为，严家凯继续为保障辖区的道路交通安全和保护人民群众的生命财产安全贡献自己的力量。

岁月的长河悠悠流淌，榜样的精神代代相传，严家凯警官以自己对公安事业的执着追求和赤诚奉献，在老百姓心中铸就了一座又一座不朽的丰碑。遇到艰难险阻他从不放弃。

严家凯是一名普通但不平凡的人民警察。他普通是因为他是中国千千万万基层警察中的一员；他不平凡是因为他始终保持着党员赤诚的党性，忠于职守，竭尽全力服务群众，在他身上闪烁着爱岗敬业、甘于奉献的光辉。他的坚毅果敢让犯罪分子闻风丧胆，他的热忱负责让人民群众交口称赞，他的专业严谨让同事倍感信赖，他就是新时代千千万万中国优秀警察的一员。